生活・讀書・新知 三联书店

闲有家

爱与生活的随想

季云 —— 著

Copyright © 2022 by SDX Joint Publishing Company.
All Rights Reserved.

本作品版权由生活·读书·新知三联书店所有。
未经许可，不得翻印。

图书在版编目（CIP）数据

闲有家：爱与生活的随想／季云著 . —北京：
生活·读书·新知三联书店，2022.1 （2022.3 重印）
ISBN 978 - 7 - 108 - 07311 - 2

Ⅰ. ①闲⋯ Ⅱ. ①季⋯ Ⅲ. ①散文集－中国－当代
Ⅳ. ① I267

中国版本图书馆 CIP 数据核字（2021）第 232135 号

责任编辑	柯琳芳
装帧设计	康　健
责任校对	曹忠苓
责任印制	董　欢
出版发行	生活·讀書·新知三联书店
	（北京市东城区美术馆东街 22 号　100010）
网　　址	www.sdxjpc.com
经　　销	新华书店
印　　刷	北京隆昌伟业印刷有限公司
版　　次	2022 年 1 月北京第 1 版
	2022 年 3 月北京第 2 次印刷
开　　本	880 毫米 × 1230 毫米　1/32　印张 6.5
字　　数	132 千字　图 19 幅
印　　数	06,001 - 12,000 册
定　　价	49.00 元

（印装查询：01064002715；邮购查询：01084010542）

目 录

序言　毕飞宇　　　1

人生如歌　　1

记忆中的季园，屋前果树，屋后竹园，树上果子不断，地里一直有菜、笋、瓜，水里有吃不完的茭白、菱角……

我的四季　　3
母校，你好　　15
坎坷高考路　　22
读书的年轮　　31
小寒天，那些温暖的记忆　　38
9月1日，开学啦!　　42
我们家的春天!　　49
亲历儿子毕业礼　　55
我们仨的冬至　　61
生日快乐，老部长!　　65

游味生活　　73

当生命走过一段历程,总有一些记忆是附着在某件器物、某段旅程上的。

走在培正路上　　　　　75
喜遇"东山少爷"　　　　82
老父亲的广州游　　　　90
看鱼　　93
粗茶淡饭的日子　　　　97
好想逛逛菜市场　　　　102
家乡的菠菜　　　112
好好味,空心菜!　　　115
乳香　　123
一盒黄豆酱的味道　　　126
《七杯茶歌》　　　128
两公婆的恩爱　　　　133

闲有家 137

《周易·家人》卦的象辞、彖辞，散文诗般迷人，义理深邃质朴，揭示了家之奥义。恩爱和睦、幸福美满的家庭，才是人生旅途中温暖的驿站。

齐家之风　　**139**
闲有家　　**147**
教子婴孩　　**151**
家有贤妻　　**155**
吉祥之家的声音　　**159**
富家大吉　　**163**
交相爱　　**167**
"简"的境界　　**171**
积善之家　　**176**
家和万事兴　　**180**
妻子做主　　**185**
母性的力量　　**194**

平平常常的每一天
都是无比美好的一天

序 言

毕飞宇

是1986年的冬天还是1987年的初春？我在扬州师范学院的梧桐树下见到了季云。那一天有点冷，事实上，那一天冷不冷我一点也记不得了，我能记得的是季云的衣着。她穿了一件灰色的、收了腰的呢大衣，还有一双长筒靴。我之所以记得季云的衣着，是因为我们的校园正在流行羽绒服。季云是从南京过来的，在一大堆的臃肿的羽绒服当中，一件灰色的、收了腰的呢大衣和她的长筒靴分外地醒目。对，季云是从南京过来的，她带来了另一个城市的时尚信息。

季云来看她的男朋友，我的一位师兄。我的师兄很有性格，骄傲得很。那时候，我正在张罗我们的学生诗社，我很需要这位师兄的出手。就在我们的一次聚会上，我特地请来的这位师兄把一沓诗稿捧在手上，翻了几页，说：

"这是诗吗？"是啊，这是诗吗？我在等待他的回答。他没有回答，站起身，走人了。我留意了我的师兄的背影，他书包的带子放得相当长，而离去的步频则相当地慢。这一来，他鼓鼓囊囊的书包基本上就到了屁股的下面了。随着他的离去，书包在晃荡。——"这是诗吗？"

在那个很冷的傍晚，我和季云相遇在扬州师范学院的梧桐树下，她不可一世的男友站在她的身边，没背书包，很低调。

对了，我和我的师兄有一个共同的朋友，我们共同的朋友其实是一位老师，已婚。我最快乐的一件事是去老师的家里混饭，在那里，我又见过几次季云。季云终于给我留下了这样的一个印象：她来扬州是引领时尚的，附带看一看她的男友。引领时尚的季云十分健谈，口吻平静，语调自信。

然后，季云就退休了。这就是生活的原貌，它行进的速度比我们预想的还要快。是的，我们这一代人都处在退休或即将退休的日子了。关于退休，我也问过我自己，退休之后你打算做些什么呢？我的回答近乎平庸：做过去的事，接着写呗。季云有没有问过自己这个问题，我不知道，我只是看到了一件事，季云拿起了笔。

在接受记者访问的时候，许多作家都表达过这样的意思：写作就是我的日常。毫无疑问，这话对。我就说过这句话，我是把这句话当作漂亮话来说的。我之所以把这句话界定为"漂亮话",无非是想表明这样一个意思:职业作家的写作多多少少都有他的诉求,多多少少都有他的利益。但是,季云的写作真的是日常的,没有排行榜在等待她,没有文学奖在考验她,没有回报在等待她,当然,更没有文学史在折磨她。她退休了,用她自己的话说,她"光荣地退休了"。她要换一个活法,无关光荣,亦无关利益。

季云是一个传奇,对我来说就是这样。这位差不多和我同年的大姐一共经历过六次高考。在我的听闻里,这是一个纪录,一个毁灭性的纪录。老实说,没有几个人可以承受这样的不公和碾压。——她的命运怎么就如此魔幻呢?书里有,我不想重复,想一想都累得慌。我真正想说的是,别人有可能崩溃,季云不会崩溃;别人有可能分裂,季云没有分裂;别人有可能放弃,季云就是不放弃。这样的人应该在退休之后拿起笔来,她有资格享受她的感受,她有资格享受她的表达。

季云的笔触是游走的。现在,她是一位旅行家,她在她的过往里游历,她在她的日常生活里游历,当然,她也在她的书本里游历。对她来说,生活开始了,她愿意把一切都看作她的风景,一花一世界。我喜欢季云笔下的衣食住行,她客厅里不停切换的角色,她故纸堆里的背影,偶尔,她含英咀华的表情。

我有多么喜欢扬州呢?也不好说。但是,老了就是老了,我时常会平白无故地回想起我的大学生活,那里有我的郑重其事,也有我的荒唐。季云不是我的师姐,更不是我的师妹,然而,在我回望扬州、回望我的大学的时候,季云有时候也会出现。生活的美妙就在这里,在一些很冷的或者不很冷的黄昏,哦——,哦——,我们这帮无聊的小公鸡会起一个小小的哄,季云又——来喽。回过头来想,这不是瞎高兴吗,关我们什么事呢?

2021年8月20日于南京

人生如歌

记忆中的季园,屋前果树,屋后竹园,树上果子不断,地里一直有菜、笋、瓜,水里有吃不完的茭白、菱角……

艰辛曲折的高考之路
改变也成全了我的人生

我的四季

我的四季,不说春夏秋冬的壮美,不说冬去春来四季轮回的惆怅。我的四季是我在时光走廊里的一次游历,是我对季姓根脉的一次回眸、寻访和认知。季家姓氏,祖辈父辈吾辈子辈,是以一个怎样的传统在延续?又是什么力量和家族基因,让我们恪守着忠诚、老实、厚道和本分?

季家园

父亲告诉我,季家是个大家庭。他自小就听说,季家世世代代在那片土地上过着农耕生活,加上祖传的园艺本领,有时帮人家嫁接花木、做些木作,过着日出而作、日落而息的恬淡生活。祖上谈不上富裕,但老辈人靠鱼米之乡的自然条件,一直自给自足、自得其乐。他很自豪地回忆说,每年农忙过后,劳动一天收工回家,一放下碗筷,祖爷爷、爷爷以及父亲叔伯这一辈的,老的少的围坐在一起,有的拉二胡,有的吹笛子,有的吹口琴,太爷爷还会说书、唱曲儿,一家人好不热闹。

父亲说,他的太爷爷、爷爷辈,都是大家庭生活,都以家庭和睦闻名乡里。他上小学的时候,一家大小17口,其乐融融。兄弟姐妹、叔伯姑嫂、婆媳妯娌之间都相处融洽,互相包容谦让,从来不计较,后来家里添丁进口也不分家。父亲的爷爷兄弟仨,三房又分出好几房子孙,每一房交一样的生活费。每年稻子收后,留下口粮,再搞副业,增加家庭收入;用副业收入再换来副食,都是按人头分给一家老小。各房的子女多少不一样,但谁也不计较。

天有不测风云,1958年时,一天夜里,家里做砖的草木灰堆复燃,一场大火把家全烧光了。这场大火后,太爷爷辈从此带着儿女们外出找生计,求生路。我的太爷爷是长房,带着我爷爷和我父亲兄妹5人留守祖居之地,开始齐心协力重建家园。这里被人们叫作季家西园。另外两个叔祖爷爷在距离祖居50多里的地方安了新家,建了季家东园。两大家园来往走动时,都是这么说的:今天我要到东园上去,或者今天我要到西园上去。西园又是季家老园,所以东园的人也会这么说:今天我要到老园上去。我小的时候曾经去过季家东园,见过两个祖爷爷,一个胖一些,一个精瘦精瘦的,都有弯弯的白眉毛、长长的白胡子,慈祥的笑容宛如春风拂面。

那时的生计，靠的是大家齐心协力。我爷爷给人家做豆腐、挑担子送豆腐；祖爷爷给人家做木水车的挡板；两个姑姑和叔叔种地，学着栽种果树侍弄菜园。

我记忆中的季家园，四周都是小河，一条小土路与外面的田地相连。屋前果树，屋后竹园，一年三季树上果子不断，地里一直有菜、笋、瓜，水里有吃不完的茭白、菱角。在菱角成熟的时节，到了晚上，父亲会将一盆煮熟的菱角倒在桌子上，他不停地切，我们几个孩子站在旁边抓着吃。我娘在边上或织毛衣或纳鞋底。

我在季家园长到15岁。我们姐妹成天拉着祖爷爷说故事；我跟着爷爷走村串户送豆腐；跟着父亲用两片弯瓦加上木板或砖块做鱼笼、鱼窝，挖蚯蚓做鱼饵钓鱼；春天上树摘果子，夏天河边捉青蛙，秋天墙上逮壁虎，冬天鱼塘抓鱼虾；跟着我娘学撒种、插秧、除草、打农药、割麦、翻地，那些春种秋收的农活随着年岁增长越学越多越干越灵；房前屋后种菜栽树我也是行家里手，还学会了绷头绳、织毛衣时脚踩孩儿木摇床哄小孩睡觉。在老园，我父母先后送走了我奶奶、爷爷，最后送走了会说书的太爷爷；在老园，我爹娘生养了我们姐妹四人，操持着把小姑和两个叔叔婚配成家。季家园是清水环绕的园，是果子常在、鲜花常开、竹林常青的园，是田野里、河岸边、大树下、草丛里，到处充满泥土清香的园。

季家园再也回不去了。那时农村方整化，所有的农家都要"上河线"。1977年，我父母带着我们姐妹告别了季家老园，祖坟位置恰好不需迁移，我们家的老祖宗留在了那里，守望着永远的季家老园。

季建男

我父亲是季家的长房长孙，结果第一胎生了我这个女孩。老人们很失望，给我起的小名叫大囡。囡囡，在吴语区、粤语区的古语方言里，是小宝贝、小女孩的意思。但老人们给我取这个乳名，是因为"囡"在当地方言中的发音是"男儿"。给我取名建男，谐音"见男"，他们盼望能喊出一个男孩来。也许他们相信天人感应，相信只要"见男""见男""男儿""男儿"地唤着，这声音里就会带着某种神秘的力量，为我引来一个弟弟，如同取名"招弟""来弟"那样。

弟弟不是靠喊就能喊来的。两年后我妈生了大妹，小名叫小囡儿——小男儿；再过两年，我妈生了二妹，名叫"三囡儿"；又过两年，三妹出生。八年添了四千金，家庭陷入赤贫，父母无论如何不再听老人的了。母亲做了结扎，老人们一直盼望的添个男丁的愿望没有实现。

关于二妹，我要多说几句。二妹出生在1966年，那年我奶奶癌症晚期，才四十多岁就去世了，爷爷肾病也到了晚期。家里本就要养两个小女孩，这又来一个女孩，将来的指望也没了。父母实在养不起也养不好这个孩子，在二妹生下几天后，爷爷就让我父亲把她放在一个大竹篮里,一大清早送到来往行人最多的大路边。可是,在第二天傍晚,就有人提着这个篮子给我家送了回来。离得太近了,稍一打听就知道是我们家刚生的小孩子。那时我小,依稀记得我父我娘哭得跟泪人似的。我娘还在月子里,一声一声地说:"孩子,娘对不起你,不是我们狠心——你是娘身上掉下来的肉啊——娘不该把你送人,娘再苦再穷也要把你养大啊。"我父亲给二妹取名"回兰",意思是送出去的篮子又送回来了。也许父母心里对二妹总有愧疚,对她疼爱有加,但这孩子命薄如纸,纵使全家百般呵护,她还是夭折了。她三岁时,因为乡村赤脚医生误诊,支气管炎一直当作天花治。等病情严重了才决定去医院。医院路途遥远,父亲领着我,他摇了一夜的船,我抱着火球一样的妹妹,不停地喊着她的小名,凌晨才到几十里以外的岔河镇医院。医生责问:"怎么才送来啊,太晚了!"我记得睡着前还听妹妹一声接一声地喊着:"父啊,我难过,我难过——父啊,我疼,我疼。"等我醒来,已是中午,病房里没有医生和父亲,我伸手摸了摸睡在我脚那头的回兰,她已经凉了。我哭喊着找人,一个年轻的护士跑来告诉我,父亲回家报信去了,让我去外婆家。不记得七岁的自己是怎么穿过乱哄哄的小集镇走六里多路找到外婆家的。后来听说,我一到外婆家便高烧不止,昏睡了三天,还听说母亲哭晕好几次。那时,母亲刚生三妹不久,也是刚刚做的手术。

  我父母生了四姐妹,活下来我们仨。我小的时候,季节性的抢收抢种的活儿缺少人手,父母苦了、累了,我带头调皮捣蛋不听话的时候，他们俩唉声叹气，免不了说几句养女孩子真没用的话。那个年代，在农村，没有生男孩，不仅缺少劳动力，还受人白眼，净被劳力强的人家欺负。向人借钱有时还借不到，因为人家不知我们何时才能还。父亲是个读书人，上过县工业学校，读的机械专业，只精于农机农电，但生性愚拙木讷，不善农事；母亲聪慧能干，但家庭担子太重，身体一直没能得到调养，加上三姑娘离世，她总是体弱多病、脾气暴躁。自小我们就常被这样提醒着：身为女孩，是我们自己的过错，我们让父母受苦了。就这样，我们姐妹三人在很小的时候，便和比我们大得多的人一样干农活，想多挣工分，以便年终能分到粮、分到草（每年我家都是倒找生产队粮草钱，如果工分多挣点，年底就可以倒找得少点）。所以，我们姐妹从贫寒之家走出来，小时候吃过苦受过罪，打小就很懂事、很听话、很努力地做事，一心想为父母分忧；我们学会了隐忍、包容、克制和退让。曾在网上热传的《卖米》一文，看哭了无数人，更看哭了我。24岁离世的北大才女飞花，她担着大米踉跄走过十几里的赶集路卖米换钱求生计的故事，让人感"卖米"之痛，叹飞花之殇。其实，没有劳动力，大人有病，还有一群孩子要养大的乡村家庭，这样的赤贫无助并不罕见，穷人家的孩子早早挑起生活的担子是常见的。那时，我常常在星夜里对着遥远的天空自问：女孩子就不是人吗？生女孩子的人家就有错，就要无端受气吗？女孩子就该一直受人欺负吗？

  我不服！我要给自己改名。四年级那年，我转到解放小学。新到了一个学校没几天，不知怎么的，一群同学课后围着我，对着我直喊"白建男""白建男",我明明叫季建男!后来听说当地有个胖胖的男人叫白建男。我十分气恼,恨家里怎么给我起这么个男孩名,又刚刚走了二妹,我恼恨叫什么"建男"(见男),男孩一个没见到,我二妹却没了,我妈却病倒了!我再也不想叫季建男了。我跟我父和娘嚷着,我要改名,我要改名!那时他们为生计累弯了腰,顾不上我叫啥了。我很快去求学校老师。老师问我想改叫什么名,我想了一下,告诉她,就叫季云吧,天上一朵一朵的云,自由自在、无拘无束的,好记好写。就这样,我把我家老人寄予无限希望的与传宗接代有关的名字改了!

"我是一片云,天空是我家,朝迎旭日升,暮送夕阳下。我是一片云,自在又潇洒,身随魂梦飞,来去无牵挂。"过去很多年里,遇上寂寞惆怅时,我会哼唱这支歌。师弟帮我申请微信公众号,需要定个名,我几乎不用想,灵感突现似的,脱口而出:"雲之云兮!"师弟说真好!但他怎知师姐的故事,又怎知"季建男"如何变成"季云",如何这一刻有了"雲之云兮"!

季与点

我父亲没有生男孩,我生的是男孩!这是我含辛茹苦的爹娘天字第一号的大喜事,好像终于可以扬眉吐气了!老祖宗的愿望在我这一辈只是开花,在我孩子这辈算是结了果。我是长女,家族传承的责任天然地要落在我的头上,所以,孩子要姓季,没有商量的余地。先生很开明。他看我为难,就开导我说:"无论跟你姓还是随我姓,他都是我们的孩子。姓名只是一个符号,不必太纠结。既然老人家坚持,就按他们的意思办吧。"

先生给儿子取名"季与点"。"与点",取自《论语·先进》篇。孔子让众位弟子各言其志,一个叫子路的弟子,志在治"千乘之国";叫冉有的弟子,志在治"方六七十,如五六十"之邦;叫公西华的弟子,志在为小相,参与"宗庙之事,如会同";一个叫"点"的,也就是曾晳,他没有直接说自己的志向,而是"鼓瑟希,铿尔,舍瑟而作",说:"暮春者,春服既成,冠者五六人,童子六七人,浴乎沂,风乎舞雩,咏而归。"孔子听后,击节而叹:"吾与点也!"说的是:"我赞成曾点的想法啊!""与点"二字入名,先生自有他的讲究。他说,孔子的意思是深远的。那几位弟子都志在为政,而曾点的鼓瑟所达致的不仅是"大乐与天地同和"的艺术境界,沉浸于物我两忘、天人合一、圆融自在、浑然天成的精神至境,更有志于把国家治理成一个"老者安之,朋友信之,少者怀之,使万物莫不遂其性"的理想之国。其境界之高远,不是其他几位弟子可比的,所以孔子才赞同他。这一点,后代的哲学家都有评价。程颢曾说:"孔子与(曾)点,盖与圣人之志同,便是尧舜气象也。"朱熹称赞曾点的境界为"胸次悠然,直与天地万物上下同流","曾点之志,如凤凰翔于千仞之上"。

孩子随我姓季,那是我父辈终其一生的心愿,是他们与生活和命运的一种抗争。年轻时,我曾很烦他们老脑筋,让孩子随我的姓,是父母的老观念给我抹了黑,让我没面子,也让做女婿的

西安书院门张一辰先生为我治印、题签

没面子。现在的我终于理解了。在那个特殊的时代,没有生出男孩的农村父母,那种无助,甚至低人一等的痛楚,别人是难以体会的。看上去我父母在争一个姓,实质上,他们不是在与儿女亲家争,他们是在与世俗偏见抗争,与过去的苦难抗争,他们就想争口气,哪怕只是一个名姓。

"季与点"是个好名字。"季"字象征幼禾,生机勃勃。我曾一眼相中一方小石,请张一辰先生为我刻字。我提议随形就好,就刻"季"字。这方"季"字印是我的最爱,我总是随身携带,常常抚摩。第一笔撇的尾部缀着的那粒圆点,好比一粒种子,象征生生不息;又好比成熟的枝头,挂满累累果实;"木"字左右两笔,看上去就像双臂护佑着后代子孙,又如家园般厚植

人生如歌

着绵长的季家祖风。这是一幅最具悠久传统的"宜子孙"的画面,不仅诠释了"季"的生命意义,还让我总有进入温暖怀抱的感觉。我相信,孩子会喜欢这枚朱文小印,因为它使"季"字更为生动传神。"与点"之名表达的是仁德通达,名字里满含着父辈的希望,他自己喜欢,而且也不容易重名。

季 札

我从来没有想过要寻根问祖。对"季"姓产生兴趣,是因为宝鸡的周公研究大家杨慧敏先生的一句话。

在我第四次拜访周公庙时,看到有人在问姓氏始祖,我随口问杨先生季姓的先祖是哪个。他说:"你是江苏南通的,应该是季札的后人。"我半信半疑,还问了一句:"真的吗?"他肯定地说:"一定是的。"我又问:"季札的后人不是吴姓吗?"他说:"吴姓、季姓,都是吴太伯一支的,都是姬姓分出来的。肯定是季札后人,不会有错。"一听说是季札的后代,我一下子来了兴致,去常州访古延陵亭,去江阴申港拜季子墓,去丹阳九里访季子庙;我开始查阅各种史料,遍寻有关季札的研究资料和历史文献,继周公后,对季札产生了浓厚的兴趣。我找到了一本徐敏先生写的《季札——孔子推崇的圣人》,这是一本史料比较丰富的专著。我如饥似渴地读了好几遍,感觉这个世界在我眼前又打开了一扇亮窗。季札挂剑,季札观乐,季札三让国,这是传颂了千百年的至德感人的故事，而随着上海博物馆楚简《孔子诗论》的问世，季札与孔子千丝万缕的联系也牵动了人们的心。"南季北孔"，原来绝非虚名。

孔子曾经说过："泰伯，其可谓至德也已矣，三以天下让，民无得而称焉。"司马迁赞美季札是一位"见微而知清浊"的仁德之人。季札的谦恭礼让、非凡气宇和远见卓识，一直在中国历史的长河中闪耀不绝。季札是一位杰出的外交家，有季札调停，可以平息一场战乱；有季札出使，可使中原各国通好。季札又是一位才华出众的文艺评论家，他在鲁国欣赏了周代的经典音乐、诗歌、舞蹈，当场结合当时的政治背景，一一做精辟的分析和评价。他能从乐声中预言各国的兴衰和未来。季札重信义。一次途经徐国时，徐国的国君非常喜欢他佩带的宝剑，却没有启齿相求，季札因自己还要遍访列国，当时未便相赠。待出使归来，再经徐国时，徐君已死。季札慨然解下佩剑，挂在徐君墓旁的松树上。侍从不解，季札说："我内心早已答应把宝剑送给徐君，难道能因徐君死了就违背我的心愿吗？"季札挂剑传为千古美谈。

资料上说，季札是春秋时吴国公族，为吴王寿梦四子，诸樊（后袭王位）之弟，受封于延陵（今江苏常州）、州来（今安徽凤台），史称延陵季子或州来季子。因他的远见卓识、贤明仁德，后世子孙以其排行次第为姓，以别他族，称季姓。他们尊季札为季姓的得姓始祖。

我非常自豪，季姓一族原来是季札的后人！高兴之余，我又想，不管是不是季札的后人，都是中华民族大家庭中的生民。如果我的先人是一个以德名世的人，那么，我们更应该以先人为榜样，要做季子那样高尚、纯洁、淡泊名利、以德为先的人。

母校，你好

汤园中学是我的母校，1977年7月我从这里高中毕业。一别40多年，我对母校的怀念和感激却一如往昔。每当回想起高中的时光，就越发觉得，20世纪70年代时，我们的母校是多么的不普通。

特别的教学氛围

1975年9月，我由村办戴帽子初中被推荐到汤园中学（当时改名叫"永红中学"）读高中，那年我13岁。能到公社最好的中学上学，我暗地里骄傲了很长时间，尽管每天要多步行10多里路。

20世纪70年代的中学教育，要求学生走出课堂，到工厂去，到农村去,到火热的社会生活中去。学生不仅要读书,还要参加生产劳动。有的学校"停课闹革命",有的学校全天去劳动,一派开门办学的景象。那时,没有国家标准的教学大纲,也没有基本的课程体系,上什么、怎么上,基本上由当地教育局说了算。高中教育主要是学习"三机一泵",这是当时教育改革的成果。

我们学校也不例外。老师带着我们学"三机一泵",即柴油机、电动机、拖拉机和水泵。课堂上讲"三机一泵"的基本原理,劳动课时外出学开手扶拖拉机。但学校仍然把高中的文化课程排得很实,每天确保半天时间安静地上课。校长对老师的要求很严格,精心调配各班各科老师。老师们也都非常负责、非常精心,经常考试,批改作业更是一丝不苟。哪个学生功课不好、作业没完成,老师批评起来一点情面都不留。哪个学生落课了,老师还登门家访帮学生补课。

汤园中学当时会集了不少教育精英。他们知道,我们这些孩子生在农村、长在农村,经历过"双抢"大忙,从小就体会了田间劳作的艰辛,深知收获的不易,具有吃苦耐劳的农家本色,唯缺系统的文化知识。老师们这么做,是冒着风险的,但为了我们不被耽误得太多,他们也是豁出去了。

南通素来崇文重教,据说,时任如东县教育局局长的苏国光老师就是近代著名教育家张謇的学生。当时教育系统有不少人是张謇的学生的学生,很多校长都是教育专家。很多年后我才懂得,当年他们是多么有作为、有担当。

在那个年代,我们这所偏远的农村高中能正常上课,要由衷地感谢当地教育局和校长。高考制度恢复后,苏局长因为在基础教育方面做出过重要贡献,还曾出席过全国教育工作者表彰大会,受到中央领导的接见。

特别的教师队伍

特殊的时代,一群来自城市和他乡的好老师,被迫下放到乡村教书,他们相继来到汤园中学。他们从南通市里来,从县城来,很多来自名校,有的还曾经是大学的老师。很多老师是夫妻一起来的,有的还带着他们的孩子。

那时候,汤园中学的校长和老师们个个举止斯文,风度翩翩。在我们偏僻的乡下,在那个普通的校园里,构成了一道独特而亮丽的风景。在我们眼里,他们是谦谦君子,他们就是古人所尊称的"先生"。

汤园乡位于如东县最西南,是南通、如皋交界的地方。这里与县城相距较远,在公路交通不发达的年代,这个偏僻之乡却因距离南通市区更近,辖内又有一条宽阔的运河纵贯南北,而成为那些被下放老师的目标地。

从南通搭乘轮船,可以直达汤园乡的小码头。一天开几班,人们上岸后,步行到学校只需十分钟。这在当时的条件下,算是最便捷的交通了。加上轮船票比汽车票便宜,对收入不多的知识分子家庭来说很划算。我们那个地方人厚道,守本分,具有悠久的耕读传统,农家孩子喜欢读书,家长都支持孩子念书,尊师重教的氛围和传统以及学校的公办性质,也具有很强的吸引力。

偏僻、普通的汤园中学,因其独特的地理优势,引来了师德与颜值齐飞的一个"教师天团"。

老师们各有各的风采,几乎每一个人都有自己的特色。他们课上得真好,深入浅出,生动有趣,引人入胜。记得教我们数学的是郭林宝老师。郭老师腰板挺得笔直,声音清脆,说话简洁,讲课没一个多余的字。他对学生很有耐心,对功课不好的学生从来不嫌弃。陆文魁老师给我们上化学课。他文质彬彬,帅气,和蔼,非常善于倾听,与学生交流从来不会不耐烦,加之他特有的苦口婆心式的讲授,很受学生追捧。陆老师除了教我们高一年级的化学外,还担任高二年级的班主任。陆老师夫妇对学生事无巨细关怀备至,他们家的两间宿舍常被学生们挤得满满的。

体育老师好像叫顾韧言,年岁要稍长一些。我是班里年龄最小的,但瘦高,生性活泼好动,被顾老师挑到篮球队训练打中锋。顾老师很用心地训练我立定投篮、左右45度角投篮、摘篮板球等技术。我常常一个人苦练,空心球和擦板球投得不错,但体能差,爆发力不行,奔跑速度慢,弹跳跳不高,重心下不去,心理素质也不好,属于"上场昏"的那类。顾老师一直乐呵呵地鼓励我,指导我如何发挥出中锋的组织功能。我打篮球和乒乓球都是顾老师指导训练的,那点基本功还派上了用场。大学里,我曾得过女子乒乓球单打亚军(那时全校学生还不到千人);我们南京粮食经济学院女子篮球队在南京高校的一次比赛中获得过第二名的好成绩,我打的还是中锋。

还有教物理的吴老师、教体育的厉老师、二班的班主任……

我印象中的老师们,态度谦和、温文尔雅,看学生的眼神充满着关爱和温暖,他们的教导如缕缕清风吹过一颗颗粗粝素朴的心灵。我们在他们的脸上看不到忧愁,尽管他们可能有不少的忧愁。从他们身上也看不出穷困,实际上,他们很多人上有老下有小,手头并不宽裕,但让我们感动的是,他们有人还时常接济贫困学生。

那时的老师,大多一对一对的,吃住在学校,捧着书本从教室到宿舍,忙里忙外、夫唱妇随的样子很让人感动。那时的老师,他们聚在一起时讲的是南通方言,谈笑风生的样子,像是从电影里走出来的;而上课的时候,他们却都讲一口标准的普通话,听起来很优美、很高级。

那些老师是很君子的一群人!

那些老师是真负责任的一群人!

那些老师是很有风骨的一群人!

他们是我们眼里的先生。在这群先生里,施云松老师别具风采,他是我们的班主任。

了不起的班主任

与很多科任老师不同,施云松老师是如东本地的。那些外地来的老师,有的是学术权威,有的是大学教授,有的是名校专家,而施老师调来汤园中学前,只是一名普通教师。这位施老师,却很会当班主任。他既是一位优秀的语文老师,更是一位不同凡响的班主任。

施老师博学多才、为人谦逊,学的师范,很懂教育。他熟悉农村,了解农村孩子,教学经验丰富。特别难得的是,施老师似乎有种与生俱来的统筹能力,应对复杂环境得心应手、游刃有余。他深谙以诚相待、以简驭繁的道理,协调事情总能四两拨千斤。如果当年不是施老师当班主任,校长的很多想法恐怕难以落实,我们获取的文化知识会更少,底子会更薄。我们能平静快乐地度过高中时光,要由衷感谢施老师的长袖善舞、机智协调。

施老师教语文,实在是教我们做人。凡是好文美文,他就领着我们诵读。58个人的声音汇集在一起,整齐又响亮,那是多么难忘的一段时光啊!我们喜欢施老师的板书,他的字影响了很多届学生,甚至学生的学生。施老师抓得最狠的是写作文,必须表达真实的思想感情,说真话,讲真事,诉真情,这是他的要求。谋篇布局、遣词造句,也是不放过的教学点。40多年过去,我们对老师讲课的样子和声音都还记忆犹新。

施云松老师更是点亮我人生的人。1977年是极不平常的年份,七七届高中毕业生恰逢国家停了十年的高考在这一年恢复,我们有机会考大学了!9月的一天,施老师骑着一辆旧自行车,穿行弯弯扭扭、坑坑洼洼的乡间小路到了我们村,让人把我从庄稼地里叫回家。他给我们全家人带来了这个天大的好消息。老师一个劲地鼓励我，动员我，并说服我父母，支持我报考。当年，施老师还动员了很多应届和往届的学生。对早已毕业离校的学生，班主任老师就是这样不辞辛苦地把教育改革的春风送到学子们的心坎上。能遇上施云松老师这样的班主任，我等何其幸运！每念及此，便油然而生对老师再造之恩的感激之情。我能上大学，能到国家商业部和央企工作，完全得益于当年施云松老师的远见和爱心。

可惜汤园中学在前些年撤乡建镇时被合并，以前的旧校址，现在变成了一所养老院。汤园中学已经不存在了，母校似乎再也回不去了。

可当老同学们聚在一起时，当我们举起酒杯彼此祝福时，当我们再一次围坐在施云松老师身旁听他讲述当年时，这一刻，感觉母校又回来了！

坎坷高考路

恢复高考40多年了。1977年12月,我第一次参加考试,却在经历艰难困苦的6次高考后,1982年才走进大学校门。从15岁参加高考到如今退休几年,我在人生道路上深一脚浅一脚地也走过了40多年。

第一次考上 却放弃了

时光倒回1977年的秋天。一个傍晚,我正和同村的妇女在地里除草,忽听有人喊我名字,原来是施云松老师。他推着一辆自行车,在泥泞不平的田间小路上晃晃悠悠地走着。我都毕业离校了,老师今天来一定有事。

老师说:"有个大好消息,上大学不搞推荐了,国家刚出台的新政策，从今年开始恢复高考，你们正赶上了好机会。"原来，老师是特地来动员我报考大学的。

他看我愣神，笑着对我说："第一年复考，题目不会太难。你有基础，赶紧把以前的高中课本拿出来看看，这样的好机会不能错过。"

这就是常说的"点亮他人的人生"吧！要不是我恩师这一趟，老实巴交的父母，还有埋头种地的我，哪会留意恢复高考这类消息呢，考大学这样的事情是连想都不敢想的。

我的第一次高考，恰如老师所料，通过了省里的预考，又通过了统考。我头一次进了县城，做了体检，然后就耐心地等着录取的消息。

可我等到的不是上大学的消息，而是县里的通知，县招办让我去一趟。找我谈话的是个局长——一位蔼然长者。那位局长很亲切地对我说："你很了不起呀，这么小就参加了高考，这两次考得都不错。不过，你的两次考分加起来也不是很高，顶多上个师专。你才15岁，以后还有很多机会。我们考虑，你把名额让给'老三届'的人先上，教育局将安排你当公办小学的代课老师，月薪24元。就近安排，5年以后转正。你考虑一下，尽快答复我们。"

当时的家庭条件，让我对这样的安排非常动心。姐妹三人，我排行老大，老娘身体不好，妹妹还小，家里只靠父亲在乡农机站的微薄收入度日。我家年年倒找生产队粮草钱，是有名的困难户。眼下不费吹灰之力有了现成工作，拿固定工资，又能照顾家，以后还有机会转成国家户口、吃商品粮，再也不用面朝黄土背朝天地挣工分了。这是我们这样的农村孩子想都不敢想的好事，还考虑什么，当然接受了。我赶忙回家，把县里找我的事跟父母说了说，就这样定下来了。

1977年的那场高考，我懵懵懂懂地成了570万考生中的一员，本来也应该是27万幸运儿中的一个，我却稀里糊涂地放弃了。1978年2月，别人到大学报到时，我到离家不远的新西小学报了到，代四年级语文老师兼班主任。那时，我刚满16岁。

说是老师，充其量是个孩子王。如果不是严重缺少师资，我这个刚出中学校门的人哪有资格教书带班呢？我朋友叮嘱我：做"代课佬"，也不能马虎，误人子弟是要下十八层地狱的。

我顿时觉得责任比天还要大，一切从零学起。每周23节课，备课、上课、带班、开会、批改作业、课外活动、组织参加区县竞赛等，整天手忙脚乱的。要想让40多个学生安静地听讲45分钟，对我这个"菜鸟"而言，实在不容易。

我还是断不了上大学的念想，只隔了半年，我报名参加了1978年的高考。这次是"裸考"，如同盲人骑瞎马，我的成绩比分数线低了二十来分。

没考上，心里很难过。看到认识的人一个一个考出去了，眼下又有几个考出高分，曾经成绩一直冒尖的我有些不甘心，开始暗暗地渴望能上大学。我心想，只要政策允许，我就一直考下去，考到不能再考为止。趁现在年轻，我晚上少睡点觉，早上早点起，多吃点苦，边教书边复习，只要持之以恒地努力，不相信考不取。

有了决心，我充满了干劲，工作之余的时间几乎都用来读书。

一年过去，又迎来1979年的高考。好在分数不错，过了分数线，还参加了体检。那时，过了分数线的就按比例安排体检，然后看计划、志愿和健康等情况，参加体检也不代表能录取。很遗憾，我又名落孙山，却意外地收到马塘中学文科补习班的入学通知。这个文科补习班很不简单。1978年开始，我们县教育局率先在具有深厚文科教学基础的马塘中学创办了文科补习班，将以几分之差而落榜的考生组织起来，有针对性地加以辅导。办班第一年就放了"卫星"，全班人基本上都考取了大学，80%以上的人上了本科，其中一半被复旦大学、南京大学、华东政法学院、中南政法学院这些重点大学录取。要知道，那时大学的录取率只有5%左右。一时间马中远近闻名，当时甚至流传"只要进了马中的门，等于一只脚跨进了大学门"的说法。

马中的通知书又点燃了我的梦想。父母看我想去补习的态度很坚决，也都支持我读一年。妹妹们长大了，她们很懂事，宽慰我说家里有她们帮着做事，我只管上学，再冲一下。正好我带的那个班也已毕业，心里没了负担。于是我辞去工作，进了马中。

遭遇错分　意外落榜

1980年是我的第四次高考。分数终于公布了，可我语文只有20.5分，总分肯定不够线。我无论如何不敢相信我的语文才考这么点分。学校支持我去县招办请求查分,经过百般努力,省招办才同意核查。我备受煎熬地等待结果,一个多月后,我等来省招办的电报。直到现在,我还记得电文的内容:

> 季云同学,你的高考分确实出现了错误,少计了50分。经核查,属于登分过程发生的错误。以你现在的分数,已经满足大学录取的条件。但是,分数核查清楚时,今年的高考录取工作已经结束,因此你今年不能被录取。对此我们表示抱歉。你还年轻,下年再考。

邮递员送来电报时,我正在闷头插秧。我拿着电报,绝望的泪水如断线的珠子不停地向下淌,一下子瘫倒在田埂上。时隔多年后,我时常会想,负责招生的人可能不知这样的错误,对一个农村孩子来说,是多么深的伤害。

分数搞错,意外落榜,马中多方协调也无济于事,学校劝我再补习一年。但迫于生计,我放弃了补习,应聘到另一所学校教初二语文。1981年,我第五次参加高考,考前我又回到马中进行短期集训。

俗话说,福无双至,祸不单行。考前一天,也就是7月5日傍晚时分,我竟昏倒在县中门前,不省人事。人们怎么把我抱回宿舍、晚上医生怎么抢救的,我全然不知。第二天早上迷迷糊糊地醒来后,我坚持拔掉吊针参加考试。无奈,我的两位同学只得用自行车驮着我,一人前面推着车,一人后面扶着我,就这样接送陪伴了我三天。

等待考分公布最折磨人,那种焦虑,如坐针毡。那天,我们都到马中等着分数单子下来。分数一出,互相一对,立刻就有一半人蹲在地上大哭。考得不好的大哭,考得好的也哭。我看了分数后,只想以最快的速度回家。我又落榜了,仅三分之差而第五次名落孙山。

1981年夏天是我最痛苦的一段时光,连续落榜使我到了精神崩溃的边缘。我痛不欲生、形销骨立,在昏睡了很多天后,挣扎着白天干些农活,晚上开始读传记。每一年落榜后,我都读那些文学传记,这成了我的习惯。当地新华书店的人物传记书籍我都买来读,那是我自我振作、汲取精神力量的秘诀。

再遇错分　改正后进大学

马中第三次发来补习通知,我再次婉谢。我当时的经济、身体以及精神状况都不允许,心理上已不能承受补习的压力。9月初,邻乡的顾茂高级中学缺英语教师,学校听说了我的事情,派人来请我去代课。考虑几天后,我欣然应聘。那个状态下,换个环境对我来说是一种拯救。

1982年,我作为社会青年报考,第六次走进高考的考场。考分公布,总分不错,大专肯定能上。但我发现英语分没有及格，只有47分。我的第一反应是错分了。

我做英语代课老师，靠的是马中补习的基础。说实话，那点水平是不配教中学英语的。为此，我近乎疯狂地反复收听初级和中级英语广播讲座，恶补功课。20世纪80年代初，南通地区普遍使用部编英语教材，英语教学重视语音基础和语言交流。我带初二年级两个班、初三年级一个班，在边教边学中，我的英语听力和口语提高很快。而1982年的高考英语正好难度不高，偏重基础，英语考完出来，我还暗自庆幸。

我坚信英语分是错的，但我不敢相信这样的事情会再次发生。

两年前曾经接待过我的县招办官员，他也不肯相信：现在都计算机管理了，怎么会出错呢。他说："有规定，不允许查分。"我的理由很简单，态度很坚决。我绝不是一条一条地"扒分"，而是核查登统过程的错误。那一日，我在县招办哭着央求了整整一天，直到他们最终答应核查。

几天后通知来了，县招办让我重新填写志愿。他们告诉我说，又是登分的人写错了，把数字看颠倒了，"74"错写成"47"。可这一颠倒，秒减我27分。

直到今天，我依然不太能理解，在恢复高考初期，在总分只有400多分的情况下，能一下子登错几十分，更离奇的是，怎么这样的事情会在我一个人身上发生两次！

分数尽管改正了，但已经错过了录取的时效，跟我一样分数的人已经接到南京大学中文系的录取通知书，而我的档案重新进入录取程序时，已接近录取的尾声。

永远也忘不了那个烈日炎炎的午后，我正在棉田整枝，忽然听我父亲大声喊我回家："通知书来了，你考上了！考上了！南京的通知！南京粮食经济学院（现在的南京财经大学），是计划统计系！"

可能是等得太久了，原有的热情、幻想和渴望已被消耗尽了，当真的听到录取的消息时，我却出乎意料地平静，慢慢地从棉花地里钻了出来。平时笨嘴拙舌的父亲可高兴了，对着我不停地重复："这个学校好，将来分配好！粮食经济，好，好，好！将来的工作好，在粮食系统工作，一辈子吃饭不用愁……"

那个下午，全家人，还有闻讯赶来的邻居们，个个欢天喜地、笑逐颜开，而我悲喜交加的泪水，一滴一滴地落在通知书上。历尽千辛万苦等来的，却不是我心仪的大学和喜爱的专业。我老娘还有两个妹妹，她们看我哭，也一直不停地流泪。

尽管上天一而再、再而三地跟我开玩笑，但我仍然感恩高考。高考改变了我的命运，高考重塑了我的人生。对我而言，高考是我最珍贵的成人礼，让我在那么年轻的时候饱尝艰辛、委屈和苦痛，让我学会人生所必需的妥协让步、隐忍自制和坚韧不拔。

时间过得真快。退休后，我第一站便回到了老家，回到父母身边。这里是我心灵的故乡。一天夜里，我从梦中醒来，乡村的夜晚一片寂静。我看了看表，刚刚3时30分，我却出奇地清醒，没有睡意。手表上显示出"6月9日"，原来这是高考的日子，家乡的考生正在应战高考。

高考的"七八九"这几天，好像已经深深嵌进了我的神经系统，每年此时，我会本能地有些激动。那天夜晚醒来时的感觉，熟悉而奇妙，一如当年曾经熬过的无数个深夜和凌晨。如烟往事一幕幕地回放，我起身，端坐桌前，写下了这些回忆文字，深情致敬高考。

读书的年轮

读书学习是一辈子的事情。有人说,一个人的精神发育史,就是一个人的阅读史;一个民族的文明水平,在很大程度上取决于这个民族的阅读状况。充实而有意义的人生应该伴随着读书。现在的我有了很多的闲暇,可以为兴趣、乐趣、志趣而读,以书为伴,一边读书,一边咀嚼人生,来一个老牛式漫不经心的反刍,自然乐趣无穷。如果想读书,再枯燥无趣的书,也能从中读出趣味;会读书,总能"开卷有益"。

年轻时喜欢读人物传记和传记体小说,为励志

对土生土长没出过远门、高考多年不中的我来说,代课、补习,除了跟老师和孩子们说话,更多的时间以书为伴,人物传记

和传记体小说伴我度过了很多寂寞和孤独的时光。20世纪80年代时，我家附近岔河镇的新华书店里书不是很多，但所有上柜的人物传记类书籍，无论古今中外的，我都买回家读、抄、背。1977—1982年，别人大学都毕业了，我还没考上。那时的我就像小孩子逆向朝上爬滑梯，必须使尽全身力气铆足劲地向上再向上，坚持再坚持，只要一松劲就会滑到底。那时，除了几个一直给我鼓劲的兄弟姐妹外，传奇人物的奋斗故事对我最有鼓舞作用。那些人物，没有一个不是经历了困苦、屈辱和磨难的，但他们克服了各种挫折和不幸，最终成就了自己。

我读毛泽东的文章。毛泽东以《列子》中愚公移山的故事为例，提出"坚持"和"努力"，在抗大时要求大家学习愚公移山的精神，说到底是提倡一种干到底的精神，是面对困难无所畏惧、勇往直前、义无反顾、坚持不懈的进取精神和大无畏精神。我读杨沫的《青春之歌》，里边有一句这样的话："生活的海洋，只要你浮动，你挣扎，你肯咬紧牙关，那么，总不会把你沉没。"我读保尔·柯察金："人最宝贵的是生命，生命属于我们只有一次。一个人的生命应当这样度过：当他回首往事时，他不因虚度年华而悔恨，也不因碌碌无为而羞愧；这样，在他临死的时候，他就能够说：我已经把整个生命和全部精力都献给了最壮丽的事业——为人类的解放而斗争。"我读居里夫人、读海伦·凯勒、读丘吉尔、读高玉宝、读贝多芬。像"扼住命运的咽喉""所谓我的才华乃出自于我的信念"那些激励人心的句子，我一遍一遍地抄写在日记本、备课本的空白处。每读一本书，就认识了一个人，就从他或她那里得到了无穷无尽的力量。这类书陪我度过了最不平常的6年时光。大学4年我读得最多的还是这类作品。

传记文学描写的是真实人物,他们是人类历史上为数不多的一群人,值得崇拜,值得追随。他们用真理的力量、人格的力量"统治"我的头脑,影响我的生活。年轻时在书里读到的某一句话,它有可能点亮我的一生!回望读书学习的道路,也许从那时起,那些了不起的人、了不起的事迹就已经把我从物质世界度到了崇高的精神世界。后来我参加工作进入社会,受到的所有礼遇,在我眼里都是莫大的恩惠和温暖;偶尔遇到不平和挫折,也会很自然地感觉稀松平常;物质享受和经济利益对我而言都是身外之物、过眼烟云,我从不跟人攀比生活条件,更不会利用职位预支福利和待遇。现在想来,我感谢自己在最特殊的年龄、最关键的人生阶段所读的那些励志好书!感谢书中每一位主人公,他们是我神交的朋友。读他们的奋斗史、心灵史,好像我是在与勇敢的心灵做伴!他们的故事没有时空界限,就像星斗辉煌闪耀于历史的长空,像阳光照耀着我的心房。我从中见识了那么多伟大的、高尚的、纯洁的、脱离了低级趣味的人物,他们的精神一直吹动着我人生的风帆,助我不断踏浪前行。

工作时努力读书学习,为胜任

尽管出于工作和职业的需要,读书带有很强的功利性和目的性，但我必精读深研每一篇公文，从不敢懈怠。从2000年开始的十几年中，岗位、职位和专业的大跨度变动要求我迅速专注在某一个领域，并做持久的跟踪学习。有时要对所有的文件和文献深入研读，这时的读书范围是狭窄的，阅读的过程是极其枯燥和辛苦的。郭沫若先生就被动读书说过一段话："为研究而读书，这或许正是狭义的真正的读书。譬如研究一种学问，或者特殊问题，但凡关于那种学问或问题的一切书籍和资料，必须尽可能地全都搜罗把它们读破，这样，你对于那项问题便有了充分的把握，你可以成为该项学问或问题的有权威的专家。……例如我有研究古代史的志趣，为了使这志趣完成，我便用下了苦功，把我毫无素养的甲骨文字和青铜铭文完全征服了。……例如我存心研究周秦之际的意识形态，我对于诸子周秦的著作便非彻底清算干净不可，管是喜欢它，不喜欢它。……这犹如研究敌情一样，并不是出于爱而去研究，而是出于恨去研究。"

我的读书经历不能与郭老同日而语，但他说的却让我听起来很有同感。我也曾经烦过、哭过、恨过、骂过，最后，对于财务清算、ERP系统、EVA考核、企业党建、企业文化、战略预算等难题，还是硬着头皮一个一个通过"毫不惜力"地学习攻克下来了，这也是我人生的一大收获吧。

党的十八大以后，组织安排我从事党务工作，这是很大的挑战。我知道，作为一级组织的党的领导干部，要政治上清白、业务上清楚、生活上清廉，首先必须保持理论上的清醒。于是，我一字一句、不舍昼夜地研读领袖著作、重要讲话和重要文件，每一篇我都像学生时代对待教材上的课文那样去学习,读熟读通透。慢慢地,那些理论和实践就变成了我工作的利器。那时我还备了不少床头书,如《摆脱贫困》《领导干部读经典》《群书治要360》等是常常要读的,"三日不读书,面目可憎","只有摆脱了头脑中的贫困",工作起来才能胸有成竹、从容不迫。

当下主动读书,为乐趣

现在我最想读的是中国传统文化经典和历史书籍,这是回味,也是补课。作为回味,清代人张潮在《幽梦影》里说得十分透彻。他说:"少年读书如隙中窥月,中年读书如庭中望月,老年读书如台上玩月。皆以阅历之浅深,为所得之浅深耳。"在人生的不同阶段,读书的境界是不一样的。少年时读书,是从字面上去理解;中年时读书,是用人生的历练去理解;老年时读书,是用全部人生去理解。钱锺书曾说,如果不读书,行万里路,也是个邮差。行万里路,积累的是阅历,读万卷书,才能懂得消化这些阅历。现在静下心来读读历史书文学书,其实就是读自己,读过去,读内心,读平凡而美好的人生。张恨水自述一天后半程读书的闲情逸致状态:"秋窗日午,小院无人,抱膝独坐,聊嫌枯寂,宜读《庄子》秋水篇。菊花满前,案有旨酒,开怀爽饮,宜读陶渊明诗。黄昏日落,负手庭除,得此余暇,绮怀万动,宜读花间诸集。……月明如画,清霜行天,秋夜迢迢,良多客感,宜读盛唐诸子一唱三叹之诗。"读书至此境界，果真是乐事，这不正是我这样"日过午人过半"年岁所追求的美好吗？

说是补课，也是在尽一份义务。朱自清先生在《经典常谈》序中说："做一个有相当教育的国民，至少对于本国的经典，也有接触的义务。"他说："经典训练的价值不在实用，而在文化。"朱自清又提醒我们：如果读者只读了一些介绍性的选本节本译注，便以为已经受到了经典的训练，不再想去见识经典，那就是以筌为鱼。读点国学经典，目的是为了得到启迪，拥有智慧，让"书写在古籍里的文字都活起来"，让经典智慧的光芒照耀当下的生活。曾无意间看到1922年《国学季刊》发刊时，胡适先生写的《一个最低限度的国学书目》，主要内容是：工具书之部有《书目答问》《四库全书总目提要》《经籍籑诂》《历代地理韵编》《中国人名大辞典》《历代名人年谱》《世界大事年表》等；思想史之部有四书、诸子、佛教经典、《宋元学案》《明儒学案》以及一些重要思想家如王安石、朱熹、陆九渊、王阳明、顾炎武、黄宗羲等的文集；文学史之部主要是总集和重要作家的别集以及诗、词、曲、剧、小说等。梁启超先生的《国学入门书要目及其读法》，将国学入门书分为修养应用及思想史关系书类、政治史及其他文献学书类、韵文书类、小学书及文法书类、随意涉览书类。最低限度的书有25种，其中除了四书、诸子外，特别举出了《史记》《汉书》《后汉书》《三国志》《资治通鉴》。鲁迅先生1930年为考入清华中文系的学生开过中国文学的书单，有《唐诗纪事》《唐才子传》《全上古三代秦汉三国六朝文》《全汉三国晋南北朝诗》《历代名人年谱》《少室山房笔丛》《四库全书简明目录》《世说新语》《抱朴子》《论衡》《今世说》等。

看到这些书目,我感到震撼无比!百余年前的学者眼中,国学已经是大国学、大历史,原来我们太狭隘了,读的经典太少了。我想,从现在开始,以"自强不息、厚德载物"的精神不断提醒自己、激励自己,慢慢地读经典原著。一本一本地读,一篇一篇地读,一字一字地读,积少成多,总是可以的吧。正如朱自清所言,读经典是"义务","不在实用,而在文化"。

现在的我,一本书,一杯茶,一支笔;念念诗,读读书,煮煮茶;写写随笔,发发公众号,忙忙家务,享受岁月静好,品鉴书香味道。人生之秋的生活模式如这般开启,该是最奢侈的幸福!

小寒天,那些温暖的记忆

小时候的冬天,留给我的是冷得生疼的回忆。

寒冷的天,给人温暖

冻手。本来就这么待着手也会冻得像馒头似的,何况还要在冷水中干活呢。不管天多冷,也要打破薄薄的冰面,在水里抄捞出"水花生"(一种水中植物),回去切成小段,下锅煮熟喂猪。

冻脚。在南方的冬天,冻脚是最疼的。南方的冬天,不是北方那种一下子的冷,而是一点一点渗透进身体里的冷,只要坐一会儿不动,脚就冻得动不了似的。到了晚上,我妈就让我们用热水烫烫脚再上床。每次冻僵了的脚放进热水盆时,冷忽然遇上热,生疼生疼的脚就会一下子变得酸麻——这几年因为糖尿病我的脚偶尔发木时,就是那种感觉。

睡觉冷。我和大妹合睡一床,共用一被。也不知怎么的,那条被子又短又窄,对于我们这两个大个子来说,根本就包不住身体。冬天里我们睡不了暖和觉,我俩的矛盾就是冬天争抢被子的矛盾,有时一夜都暖和不过来。可不像现在,有时两人开心地钻进一个被窝,我妹妹还一个劲地帮我掖被子。

对付这样的寒冷,我父母想了很多办法。他们会一刻不停地劳动,里里外外地忙来忙去,让身体一直活动着,自发地产生出热量。我妈为我们织毛手套、毛袜子,又保暖又好看,好多人还来向我妈请教呢。我父亲搞了一个铜火炉子,烧得暖暖的,让我们姐妹仨穿上袜子把脚放在炉子上。炉子小,放不下,于是我们轮流暖脚、烘手。到后来,一到晚上,就要我们到床上焐着去,尽可能地把能盖的都给我们盖上。再后来,有了电热毯、电暖器、空调,南方人也有了更好的越冬保暖的东西了。这时候就已经是新世纪了,这已是我们做儿女的让老人们享受温暖的时代了。

寒冷的天,给物添暖

到了寒冷的冬天,我妈就把最大棵、最不禁冻的黄芽菜(北方的大白菜)挖起来,抱回家里,用一根麻绳子从菜根处一棵一棵串起来,悬挂保存。吃的时候,取起来很方便。我妈对不同的菜有不同的冬贮方法。像老乡们一样，对地里的菠菜、黑菜、小青菜什么的，用柴草薄薄地盖上一层，随吃随挖，菜就不会被冻死，仍然能够长在冬天的地里。小时候还看我父亲在小树苗的根部刷上石灰，再用软些的干稻草围着树苗包起来，轻轻地捆上，好像给树穿上了衣裳。那些好看的盆栽树，就用蛇皮袋布整个地包裹起来。

顺便提一下，寒天里冻过的菜是最美味的，尤其是那种叫作黑菜的青菜，上海人称之为"塔菜"的，是我们南通人最爱的冬令蔬菜，绝世美味，几十年百吃不厌。妈妈从老家带来几棵黑菜，油、盐、姜、糖一炒，起锅前稍焖一会儿。刚出锅的黑菜有一种发甜的味道，胜过湖北红菜薹。

寒冷的天，给心添暖

40多年前，那时多么轻狂，凭着年轻不怕冻，听说岔河镇上的电影院放电影《卖花姑娘》，不听大人们的劝告，相约两个人一辆车，几个人骑着自行车，顶着寒风向北一路骑。从30里之外赶去，就为了场电影。骑车的人贴身的衣服都湿透了，坐在电影院里让身体焐干湿衣服的过程，好像人也在一点一点冷却。那种不舒服在挑水、担担子的劳动中是常有的，农村的孩子早就习以为常。那天沉浸在电影的故事里，看卖花姑娘那么苦的身世，一直跟着流泪。看完电影，又饿又冷，身上没钱，于是骑车直奔五里路以外的外婆家。热腾腾的米饭、红烧鲜鲢鱼和不稀不稠的炖蛋，再加上一盆炖菜，我们几个人狼吞虎咽，狠狠饱餐了一顿。

这么多年过去，已经记不起电影的故事情节了，也不记得那天和我一起看电影的除了我大妹妹还有谁了，记得最真切的是那天的酷寒、外婆做的晚饭，还有《卖花姑娘》主题曲优美而忧伤的旋律：

> 卖花姑娘，日夜奔忙，手提花篮上市场，
> 走过大街，穿过小巷，卖花人儿心悲伤……

9月1日,开学啦!

9月1日是我暑假里最盼望的日子

我自幼很能吃,很能长个子,比别的孩子要长得快长得高,所以总感到自己长大了,不到6周岁,就一直嚷嚷着要上学。5岁那年,春季开学,天很冷,但我不觉得冷,我死死地拽着长我4岁的表姑,想跟着她去学校。校长看我太小,坚决不收。到了9月1日秋季开学了,我又是揪着表姑的衣裳,跟她去附近那个叫作"新西小学"的学校。我母亲实在拿我没办法,只能陪着我一同去,她一直笑着对校长说好话。校长看了看我,这次他没有直接拒绝。老先生让我数数,我一口气数上百。他又问我,你会背"老三篇"吗?这有什么难的,我张嘴就来。校长跟我母亲说,这孩子还是太小了,但看她还算灵巧,记性不错,实在要上的话,就让她先跟着大孩子跑几天。要是跟不上了,就退回去,下年再来嘛。于是，我就这样"顺利"地开始了我的小学生活，那年的9月1日是我最幸福的一天。

以后的暑假，一想到9月1日我就兴奋，我就热切地巴望着。因为到了这一天，我就可以离开庄稼、泥土，离开永远忙不完的农活，离开没什么趣味的父母回学校了。我就可以帮着班主任搬书发作业本，可以喊起立、点人名，会朦朦胧胧地感到自己成长了很多，心里有种难以名状的甜蜜滋味。到了这一天，我就有理由不一整天下地干农活了，只需要早上顶着露水拔会儿草，中午到棉花地里拣一袋子棉花或割会儿茅草，晚上到地里挑些猪草就行了。到这一天，我可以穿上新衣裳，背上新书包，拿到新课本和作业本了，还可以随心所欲地抢先把一学期的课文看一遍，有喜欢的还可以在睡觉前读个几遍，如同见到好朋友似的愉快而自由。这一天的晚饭后，父亲总会帮助我用牛皮纸包书皮，再在皮面上写上我的姓名，连作业本都会认认真真地包上封皮。我感觉自己又有了一个规规整整的新开始，看着书和本，感觉格外神圣！

9月1日开学日，是我常常心生怀想的日子

我曾在家乡好几个中学、小学辗转代课，当过几任班主任，16岁那年刚开始代课就当小学四年级的班主任兼语文老师。那个时候的代课老师、民办老师都是一样的，高中毕业、有良好的

口头表达能力就行。尽管没有接受过师范教育,甚至都没有经过专门的教育学心理学辅导,校长面谈一下,就会把很重要的担子交给你。我感到这是一种荣誉。一走进教室,便被孩子们的琅琅书声打动了。朝夕相处中,我与孩子们的感情与日俱增,放假时有些依依不舍。暑假快结束时,我都会提前到学校做开学前的各种准备。9月1日这一天终于来了,我们就像欢迎小鸟归巢似的,张开双臂去拥抱孩子们。有了学生们的声音,原本静谧的校园就又恢复了以往的生机!送走了一班,又迎来新的一班,组织新班委,选举新班长,发放新课本。无比清纯可爱的新面孔,让我的心变得欢快又年轻,从来不觉得累。那时,我所要做的就是认真备课,在老教师手把手地指导下一天天地成熟起来。我的代课经历从小学到中学,从语文到英语、政治。在四年多的时间里,教学相长的经历,使我自己渐渐地有了明亮起来的眼睛、活跃的想象力和宽广的胸怀。每一次开学迎接新生的日子,我都能感到生命的诗意、生活的灿烂,能感觉到生命的质量在一步一步地接近自己所期待的样子!

9月1日,是家长寄予无限希望的日子

从我的孩子上小学一年级起,9月1日这天是全家最隆重的日子!我们总是会早早起床,给孩子做早饭,催他吃好吃饱去学校。每年的9月1日也是新学年的开始,是孩子成长的新旅程,

那是家长多么喜悦和期待的时光啊。我记得送孩子上小学一年级的那一天，我们到了北师大实验小学门前。在长长的校园路边、绿树下，我给孩子拍了一张照片作为纪念。换了新的学校也好，换了班主任也好，班上来了新同学也好，9月1日总是有不期而至的小惊喜，但作为家长，开学的日子更多关注的还是未来这一学期孩子会有怎样漂亮的分数和排名。夏丏尊先生说过，教育之没有情感，没有爱，如同池塘没有水一样。没有水，就不成其为池塘；没有爱，就没有教育。现在回想起来，每一个假期，每一个新学年的开始，我们作为父母只会不厌其烦地叮嘱作业、盯住名次，总是在孩子面前重复着唠叨了一百遍的那些话，给孩子爱的关怀和教育也许是不够的。

网上有这样一条资讯，说是"父母想要成为更好的自己，就请遵循《父母规》"，共有12条，挺有道理的，其中有几条是这样的：

> 从此刻起，
> 我要多鼓励、赞美孩子，
> 而不是批评、指责、埋怨孩子。
> 因为我知道只有鼓励和赞美，
> 才能带给孩子自信和力量，
> 批评、指责、埋怨只是在发泄，
> 我的情绪，伤害孩子的心灵。

> 从此刻起，

我要积极主动地处理好与爱人的关系，
创造一个和谐的家庭环境，
绝不让夫妻矛盾影响和伤害到孩子。
因为我知道只有夫妻关系和睦，
才是对孩子最大的爱。

从此刻起，
我要多为孩子种善因，行善事。
因为我知道种善因，方能结善果，
积善之家必有余庆，
积恶之家必有余殃。

从此刻起，
我要成为孩子生命中最好的朋友。

我在想，如果我的孩子小学、中学时有这样一个《父母规》做参考，我会不会给孩子更多的爱的教育？孩子一步步成长的路上会不会感觉幸福更多一些？

开学的日子是庄严而神圣的日子

古往今来，学子的开课都是非常隆重的大事。古时儿童入书塾接受启蒙教育，被称为开蒙。据说清朝时学校开学第一课是这样规定的：同学皆正衣冠，肃立，俄而摇铃预备。未几，鸣钟铿然……学生鱼贯而入，分班序列，依次至圣位前各行三跪九叩首礼。据说从前些年开始，府学胡同小学在学校大成殿孔子雕像前举行纪念孔子诞辰暨一年级学生入学礼。400名新生向先师孔子行四拜礼，然后齐声朗诵《弟子规》，聆听老师介绍孔子生平。自2008年9月1日开始，每年的这一天，全国几亿中小学生和家长们同上中央电视台推出的《开学第一课》，它被称作"史上最牛一堂课"！

现在已是深夜了，我的耳边轻轻传来一首《你好，九月一日》的歌，听来让人无比舒畅：

  风儿是那样轻轻的，
  阳光是那样暖暖的，
  走在上学的小路上，
  我们的心里甜甜的。

  快乐的暑假已经过去，
  美好的回忆写满日记。

  九月一日让我们重新相聚，
  校园里焕发出勃勃生机。

  啊，九月一日你好！

……
花儿是那样红红的,
草儿是那样绿绿的,
走在开学的小路上,
我们的心里甜甜的。

这个学期我升了一级,
请你不要老眼看问题,
也许我以前做得有些不够,
从现在开始我要争第一。

啊,九月一日你好!
啊,九月一日你好!
你好!你好!
啊,九月一日你好!

又是9月1日,现在的我不用去学校了,但这一天似乎永远是让人启程的日子!

我们家的春天！

在诗人的眼里,春天是"春日迟迟,卉木萋萋。仓庚喈喈,采蘩祁祁",是"爆竹声中一岁除,春风送暖入屠苏。千门万户曈曈日,总把新桃换旧符",是"迟日江山丽,春风花草香。泥融飞燕子,沙暖睡鸳鸯"。

在庄稼人的眼里,春天是"一年之计在于春","春风如醇酒,著物物不知","万物生长,耕耘播种"。

在我的眼里,春天是万物复苏,大地回春。草木萌动,大地绿草如茵,满眼繁花似锦。春天还是过年、过生日、写总结。

而在一个8岁男孩子的眼里,春天是什么样子呢?

儿子8岁时为完成老师布置的作文,写了《春天》一文。

记得那是一个星期日,老师让孩子们以"春天"为题,写一篇作文。这个三年级的孩子不知该怎么写,拟个什么题目。孩子问爸爸。爸爸要去郊区的单位,出发前跟孩子说:"就用《春天》

做题吧。你心里怎么想的就怎么写,写你自己真实的感受。就是要注意一点,别写成流水账。写好后,放我桌上,我晚上回来一定看。"

于是,孩子安静地坐在小桌前写作文。

午睡后,小家伙跑来跟我说:"妈妈,我的作文写好了,你帮我先看一下。"

于是,我快速看了孩子的作文:

春 天

惊蛰刚刚过去,许多植物都已苏醒,开始精神焕发。尤其是笋,它只要一场春雨就能一下子冒出地面。它在拔节时,一天一夜就能长一米。24小时前它仰着头看你,24小时后你仰着头看它。除了笋,也有许多开花、生长的高手。

植物苏醒,人也不例外。冬天,人总是迷迷糊糊手脚像僵硬了似的,一动也不想动。春天就不一样了。人们的心情很舒畅,而且有了活力,手脚也变勤快了,每天都"咚咚咚""啪啪啪"地忙个不停。

不光是人,其他动物也苏醒了。蛇一醒来就又开始流浪,熊一醒来就去找蜜蜂窝。鱼更是高兴。冬天,水面结冰,鱼只能在水底游;春天,冰雪融化,鱼不但多了点地盘,而且也能到水面呼吸新鲜空气。虫子这一醒更热闹,草地上、枝头、房顶,都冒出各种虫子的足迹。

春天也是个玩的季节。在这万物复苏的时候，何不去大森林转转呢！那里有清澈的溪水，有绿色海洋般的树木，有活泼可爱的动物，也有给春天带来生机的虫子。

怪不得有人老在春天写生，作家老选"春天"这个题材。春天就是名副其实的，就是独一无二的。

太棒了！这是我儿子写的吗？

我兴奋地对着跑到客厅玩去的孩子喊道："与点，这是你自己写的吗？"

"是我写的呀，就是刚刚写好的。"儿子一脸坚定不容置疑的表情。

"写得真好，我的宝贝！妈妈写不出来！"

"真的吗？妈妈！太好了。嗯，不知爸爸会不会也说好。"

爸爸回来时，孩子已经睡下了。我打电话简单说了一句"孩子的作文很棒，反正我觉得很棒"，他一回家就迫不及待地直奔书房。看了孩子的《春天》，爸爸特别兴奋，反复问："你没有帮他修改润色吧？"

我说："那些生动的话，那些什么蛇呀、熊呀、虫呀，我都不知道要去流浪，还找蜜蜂窝。"

我先生拿着作业本，一边反复读，一边给我解读着："这么短的文，谋篇布局、遣词造句还有些老到呢，几乎没有一句多余的话。比如写笋，他竟知道先用'一天一夜'，再说'24小时'。他写人、写动物、写植物，有层次，有动感，真的是神来

翁杰先生抄录的《春天》

之笔!"

那一晚,我们俩都没有休息好,完全沉浸在孩子的《春天》里。

后来,我自作主张把《春天》寄给《中国儿童报》。过了几天,编辑老师来电话说:"季与点的《春天》写得很好,但我们可能不会采用。""以后孩子写作文,家长最好不要代笔。"她也不听我的解释,继续说,"我从学校老师那里要来的你的电话,就是想告诉你,我很喜欢这篇文章,我的孩子也上三年级,我把《春天》拿回家让他好好学习怎么写春天。"噢,我这才想起来了,寄出时没有留我的通信地址和联系电话,只是依样画葫芦地

朱天曙先生抄录的《春天》册页

在标题下署上"北京师范大学附属实验小学三年级",并留了孩子的名字。

有趣的是,孩子上初二时,有一次来不及完成作文作业了,我们就让他直接抄一遍《春天》交了上去。老师打了优+,还让他在班上朗读。

孩子的习作《春天》后来再也没有向报社投递过,尽管他小学时在《中国儿童报》《中国少年报》发了不少习作,五年级时的三篇作文《中国少年报》发了专版还配发了作者简介,但在我们心里,他8岁时的习作《春天》是最好的。我们的亲朋好友也都很喜欢。我的老处长、商业部的老领导翁杰老先生用隶书全文抄录，落款时这样写："八岁作者季与点撰文，七十八岁读者翁杰抄"，装裱后送给孩子做纪念。著名书法家朱天曙先生2011年时在我家偶遇《春天》，赞叹有加，手抄册页，并题跋作记。

这些都成了我家的美好往事。

亲历儿子毕业礼

做了一个好决定

香港科技大学博士毕业典礼定在2017年11月16日上午,只要各方面条件允许,我一定要陪孩子参加这一盛典。一来他是我们两大家族年轻一代中第一位拿下博士文凭的,具有榜样的力量。再说,四年前是我送他去读书的,四年后我去见证他毕业,很有意义。二来,孩子在香港科技大学读博士的四年半时间里,不仅收获了学业,还收获了爱情和婚姻。他们同一个导师,在同一个实验室,如今双双圆满完成学业,港科大这块宝地很值得我再去一趟。三来,早在2006年,我带着当时还在读中学的儿子参加了他爸爸在中国人民大学的法学博士颁授典礼。那天的情景成了全家人难忘的记忆,那种荣誉感和幸福感会长时间地激励人、温暖人。于是,就有了我这次难忘的香港之行。

感受典礼

典礼开始了。首先是激动人心的入场式。在音乐声中首先出场的是学校里有名望的教授们。他们排成两排,身着导师服徐徐而入,伴随着他们的是全场的起立和欢呼声。而后,身着博士服、硕士服、学士服的毕业生们排成长龙,分别从会场的两侧进场,缓缓行进。台下家长们情绪高涨,都在队伍里找自己的孩子,举着镜头准备抓拍每一个激动人心的瞬间。我身边几位家长的眼里都噙着泪花,有的干脆就抹着泪。我坐在很靠后的位置。博士毕业生的队伍从另一侧走向会场,我踮起脚,远远地看见了穿着宽大蓝色博士服的一米九高的儿子,眼里一下子涌出了泪水。

接下来的致辞都是英文的,因为每个座位上都有中英文对照的册子,我可以边看边听。校长陈繁昌教授的讲词很感人:"毕业生们,我在此向你们送上最诚挚衷心的祝贺!你们孜孜耕耘多年,今天终于学有所成,在你们家人与亲友的见证下,请好好细品这属于你们神圣宝贵的一刻。不论你往后人生的际遇如何,你们皆代表科大,请让我们以你们为荣!"校长自称这是他最后一次在科大毕业典礼致辞,所以格外语重心长,他要求毕业生们:"不只需要技能和知识,更应具备批判思维,懂得独立思考,绝不盲从附和。这个世界瞬息万变,你们应要装备好自己,才能抓紧前路的机遇。"校长特别提醒"不要总想着走上事业及财务稳定的捷径,更切勿急功近利。建立长远目标,开阔视野,并致力在

香港科技大学博士礼
——一对博士熊

这个世界留下你们的印记"。

简短的致辞后到了最激动人心的时刻,宣读博士学位毕业生名单。每当念到一个名字时,台下就会爆发出雷鸣般的掌声和祝贺的喊声,场面令人无比兴奋和激动。被叫到名字的博士们,恭敬地手托博士帽,一一上台亮相,向主席台上的校长、教授们、导师们鞠躬致敬,然后转向大家鞠躬致意,接受导师给自己整理兜帽和流苏,接受亲友们的庆贺和祝福。

当听到我儿子的名字时,我赶忙盯着离我最近的大屏幕。只见他步伐稳健地走过去,鞠躬致敬,彬彬有礼;我还看见儿媳笑

人生如歌

容满面、温婉自信、步履轻盈。看着导师给他们整兜帽、理流苏，我一时百感交集，激动得泪流满面。

打动人心的手册

港科大为这次毕业典礼准备了精美的手册，有些内容很打动我。比如：

一是在手册的封二，深蓝的底色上用白色的繁体字印着《中华人民共和国国歌》的歌词，这很吸引我。我感受到了港科大的高瞻远瞩，感受到他们"百年树人"的战略思维，在毕业生即将离校时还不忘提示，用科技改变和引领世界时，为的是国家和民族。

二是手册印有校长和毕业生代表的中英文讲辞，特别是对荣誉博士和奖章得主的中英文赞词，对他们的品德、学术成果以及社会贡献的评价，会长久地影响着学生们。

三是手册印着每一位毕业生的名字以及毕业论文题目。两个孩子的毕业论文题目都清晰地印在里面，港科大将永远记载着他们的名字和他们的学术研究成果。这将激励着他们，作为港科大的学生，一生都不能辜负和玷污学校的荣誉。

我会让孩子们好好珍藏这本毕业典礼手册，它和毕业证书、学位证书一道，是我们家的传家宝。

感谢和祝愿

有一些典礼是不能错过的。我们需要在庄严的气氛中体会崇高和神圣,在隆重的仪式中感受使命和责任。仪式感不仅感染人,也在教化人。像这样的毕业典礼,典礼过程中的每一个瞬间都会永远留在孩子记忆的深处,成为他们的故事,成为他们气质与精神的一部分,终身受用,终生难忘。

亲爱的儿子儿媳,毕业典礼是你们人生新阶段的开始。此时此刻,作为妈妈,作为为党工作一生的老同志,我更期待着你们能学以致用,为国家为社会做出更多贡献,以更好的状态和成就来回报国家、回报社会、回报老师、回报父母亲人,脚踏实地地走好人生每一步。我曾经最喜欢的一首粤语歌,是徐小凤的《每一步》,歌词很美,今天就借它来表达我的祝愿吧:

> 曾踏过艰辛的每一步,仍然前去,仍然闯不理几高。
> 耳边的风声响,像是歌声鼓舞,努力为要走好我每步。
> ············
> 明日再要走几多路,谁人能计,谁能知天有几高。
> 凭自信努力做,要得到的终得到,以后就算追忆也自豪。

道路段段美好，总是血与汗营造，感激心中主宰，每段道路为我铺。

　　但愿日后更好，我愿永远莫停步，我要创出新绩，要用实力做旗号。

我们仨的冬至

我们仨,说的是84岁的婆婆、48岁的小妹,还有我。

这是我们第一次在广州过"冬至"。

早上我起床已经8点多了,阳光把房间照得亮堂堂的。小妹也起床了。厨房是我俩早上碰第一面的地方,这些日子都是这样。今天晴,迎着窗户透进来的温暖阳光,我俩非常愉快也很默契地准备着早餐要吃到、用到的七七八八的东西,两个人在水池、冰箱、灶台围成的三角地带转来转去。

9点了,咋没见老太太到餐厅呢?也没见她在客厅,我俩就去敲她的房门。没见答应,她耳背,推门进去。好家伙,还在呼呼大睡呢。我轻声叫了两下,没听见;大点声喊,还没听见;隔着被窝一拍,"嗯"一声,醒了。老太太一看我们俩一人在床一边站着,忙问几点了,拿手表一看,都这时候啦!"哈哈哈"大笑起来,没有戴假牙笑的样子,跟小朋友一样调皮。我一边拉窗帘一边跟她说笑:"太阳晒屁股啰!太阳晒屁股啰!"

该吃早餐了,小妹逗老人家:"今儿早上我们是过年呢,还是坐月子呢,还是养老呢?"冬至的早上,其实锅里早就煮上又大又圆的汤圆了,那是老家的人手工做了专门带过来的,桂花黑芝麻馅儿,那是老婆婆的最爱。

"过年""坐月子""养老",这是只有我们仨才懂的私语。

"坐月子"是什么?

一天早餐,她看我端给她的早茶是姜红糖煮水蛋,随口说了一句:"这不跟以前坐月子一样?"我们一听就乐了:"只要您喜欢,每天早上吃的都可以跟坐月子一样。"在她眼里,四五十年前农村里坐月子吃的早茶汤是最有营养的。

"过年"是啥?

有一天的午餐,我们蒸了她最爱吃的扣肉,烧了一道鱼丸汤,还有青菜豆腐。她看看桌子上摆的几样菜,随口说:"这倒像'过年'。"在老人家的印象里,只要有鱼有肉,既丰盛又摆出花样的,都是以前过年的感觉。

"养老"又是什么？

粥！每天都要准备粥，她最喜欢的是麦仁粥、麦片粥。既有用陕北的燕麦仁煮的，也有我专门到友谊商店买的"点点绿"麦片煮的，再隔三岔五煮点除湿的薏仁红豆粥、白粥、小米粥，配些芥菜和白麻油腐乳。这是"养老"餐，是老人家最喜好的。记得很多年前看过一部日本电视剧，片名也忘了，只记住一个场景：从乡下到城里来生活的老太太生病了，她很虚弱，谁都听不清楚她说的话。只有儿媳妇凑近老太太的嘴边听懂了，老人家是想吃小时候家乡的一种腌咸菜。难怪有个说法，一个人肠胃的记忆是在五六岁的时候就打下烙印了，一辈子改变不了。老人家爱喝粥，尤其是麦仁粥，那就是她的养老餐。

所以，刚听小妹一问，我又来了一句："老太太，今天早上你是想吃泡馓子呢，泡脆饼呢，还是开水加黄酒泡炒米呢，还是喝粥呢？"老太太笑眯眯地说："今天过冬，我就吃圆子。"别看她八十多，灵光得很！

老人家没来广州之前，我每天都是极简的餐食。自从老人家来了后，老家的食谱成为每天的主打。她喜欢吃甜的、肥的、黏的，总之，小时候爱吃的，现在还是最喜欢。广州美食再丰富，老太太好像也不太感兴趣。这阵子，我只好托老家的人给我快递自家地里种的黄芽菜、芋头、红薯来。

午饭又是"过年"。

"过了年"就午睡。午睡起来，天更热了。老人家却很开心，说是没想到大冬天还有这么暖和的地方,很惬意。她可不知道广州人怎么想的,网上有人调侃:广州的冬至不用吃热汤圆了,还是冰激凌最应景。

下午茶的时候,小妹让她看微信的家人群。她看到重外孙女,笑得乐开了花。今天老太太格外精神,普通的一件薄花袄穿在她身上,看上去真漂亮。老太太边喝茶,边尝小甜点,三个一起"养老"的人聊得还挺热闹。

婆婆很感慨地说:"要是没有改革开放没有邓小平的话,你们上不了大学,我这个旧社会过来的人,也过不上这么好的日子。你们看,我还能坐飞机、坐高铁。离老家这么远,想吃老家的土产,两天就能到。我这个老太婆子还会用手机跟千里外的女儿聊天,还能到这么远的地方来住一住。有福啊!有福啊!我们都感谢改革开放,以普洱茶代老黄酒,干个杯吧!"

我们仨用了下午茶点,看来晚餐只能做"养老"餐了。

生日快乐，老部长！

7月1日"出生"的老部长

老部长的生日是7月1日，恰好与党的生日是同一天！

后来才知道，老部长是自己把7月1日作为生日的。他7岁就成了孤儿，是靠亲戚和老师的帮助长大成人的。刚满18岁的他在苏北解放区参加革命时给自己取名"胡平"。填写出生日期时，他有点犯难了，因为很小就失去双亲，只知道自己马年出生，却不知具体生日。思考了一下，这位一心向党的热血青年郑重地在出生日期一栏写上了"7月1日"。从此，这个出生日期伴随了他70多年的革命生涯，以后的履历都是这样的：胡平于1930年7月1日出生在浙江嘉兴。

胡平部长退休以后，每逢7月1日，家人都会为他办个生日宴。他70岁以后的生日家宴，我和孩子也争取机会参加，可以看望老领导和陈阿姨。老部长曾是共和国最年轻的省长，是计划经济向市场经济转型时期的商业部长。我有幸在胡部长领导下工作过5年，更有幸在他退职退休后参加过他的家庭生日聚餐，多年的7月1日过得都非常愉快，有收获、有意义、有价值。

生日宴上的那些讲词

因为老部长向来节俭，生活上要求十分严格，生日餐都会安排在普通餐厅。作为晚辈，每一次亲耳聆听老部长的生日感言，都如醍醐灌顶、甘露洒心，深受教育和鼓舞。

老部长讲过人际交往。他说，人与人的交往有利交、义交、世交、神交几种。他告诫家人，告诫身边人，一定要把握好各种交往的界限。

老部长讲过自我提拔。他说，重要岗位永远是稀缺的，组织的提拔也是有限的，同志们最重要的一点是要加强"自我提拔"，就是用高于现职位的标准要求自己，学习上更高标准，工作上更高标准，品格上更高标准，党性上更高标准，自我提升境界，自我提高素质，自我加强修养。至于组织上提拔不提拔，要看得淡一点。即使组织没有提拔你，也不要心生抱怨。

老部长讲过幸福。他说，幸福不是钱多，也不是官职高，更不是名气大。幸福是每个人心里的一种感受。要倍加珍惜平平常常、平平淡淡的生活，学会在平凡生活中体会幸福。他要我们保持好感受幸福的能力。

老部长讲过学习积累。他说，不忘初心，要靠传承，要靠积累。他说自己从周有光先生的《拾贝集》《朝闻道集》书中得到了启发，平时多留心收集资料，日积月累下的功夫会在关键时刻起到大作用。

老部长还讲过企业风险管理。他说，企业要讲两个字。一个是"防"字，防用人风险，防金融风险，防市场风险。二是"闯"字。改革上勇于闯，创新上勇于闯，不要抱残守缺。市场经济就是要闯，要按市场经济规律经营管理企业。企业无论大小，无论是国有企业还是民营企业，只要做得好，负责任，就是对社会实实在在的贡献。

多年以来，老部长的话如指路明灯一样，一直照亮着我的人生道路。我在中国储备粮管理总公司工作了近20年，老部长非常关心国家粮食安全工作，每次都喜欢听一听粮食储备方面的信息。还是2000年机构改革时，我选择到新成立的中储粮公司，从事储备粮财务管理方面的工作。老部长谆谆教诲说："你这个岗位很重要，管钱的责任是很重的，把国家的钱管好用好就是一件大事。你们要在控制粮食储存成本、减轻中央财政负担上多动动脑筋。"

2014年，我被外派担任西安分公司总经理。有一次，我从西安回北京汇报工作，专程去北京医院探望生病住院的老部长。老人家见到我，又十分关切地问起中储粮公司的情况。他说看到一些新闻报道，有些不放心。我尽可能用最简短的话向老领导报告我所掌握的实际情况。我告诉老人家，中央储备粮管理得很好，是前所未有地好。全公司系统实现了信息化、智能化，在总公司大楼都能实时监控到每一个直属粮库的每一仓，连温度、湿度、进出库的流量都能在线看到。绿色储粮水平在国际国内都是最好的，中储粮早就是放心粮啦！中央要求的"数量真实、质量良好，国家需要时调得动、用得上"是没有任何问题的。

当他听说中储粮公司经过18年磨炼，已经培养出一支忠诚可靠、水平一流的铁军队伍时，非常高兴，连声说："原来是这样啊，这就好，这就好，这样我们就放心了。民以食为天，粮食储备是天大的事情。你们管得好就好，这说明我们当初建立的粮食储备制度是成功的！"

88岁的生日讲词

在我眼里，他是倡导和创立商业文化学、具有高瞻远瞩大格局的老部长，他是改革开放之初主持过国务院特区办工作的主任，是改革开放的拓荒人、践行者，他更是举起拳头宣誓后就一生忠贞不渝、不懈奋斗的共产党人！

在我眼里，他是一位为贫困掉泪、为扶贫奔走的高级领导干部。我们早就听说过他在福建当省长时在安溪调研的事。当他看到大队部和小学校破烂不堪、听说全大队每年人均收入只有74.5元、看到小学生穿着破破烂烂的衣服时，竟控制不住当场掉泪。

我们还听说过他陪同陈云同志调研，临时提议改变行程，请陈云到最贫困的村子调研的故事，还有他一直蹲点扶贫现场办公的故事。全国政协原副主席张克辉先生曾于2008年赶往23年前胡平省长考察并落泪的长坑乡青苑村调查，并亲笔写就调研纪实《老省长应该笑了》一文。文章谈到安溪从"百穷县"到"百强县"的历史性变化，最后这样写道："胡平老省长，曾为安溪山区农民贫困而流泪的老省长，你应当高兴地笑了。让我们以茶代酒，干一杯安溪铁观音！"多年来，老部长的勤廉作风对我们影响至深，他是一个有情怀的好官！

在我眼里，他还是一位亲切慈祥的长者。2018年是老部长88岁大寿，我可不能错过他的生日家宴，更不能错过老部长的生日讲词。我早就抢好了票，在老人家生日前一天，坐了8个小时的高铁从广州赶回北京。这年的生日家宴上，老部长身穿一件红色T恤，看上去精神矍铄，风度翩翩。他依然思维敏捷，口齿清晰，但讲得很简短。他对大家表示了谢意后，满脸喜悦地看着坐在身旁的老伴，聊家常一样开始了他的生日演讲：

> 今天，我要感谢我的老伴。她是早期参加革命的老同志，是个老革命。她长我两岁，资历比我都老。（他对着老伴说："大姐啊，对不对？我谢谢你啊！"）
>
> 她是我的宝！我想了想啊，这一生有她在身边，我是很幸福很知足的。她身上有"六个不"是很宝贵的：一是不干政，二是不伸手，三是不张扬，四是不低头，

五是不嫌弃，六是不忘本。

老部长对"六个不"的内容一一做了简要说明，一脸笑意地看着老伴说："感谢你啊，老伴！你做得好，你的这些'不'，就是我们的家风啊！感谢你，阿猜！你听到了吗？"（以前，我听过老部长这么叫过陈阿姨，原来一直以为陈阿姨的小名叫"阿彩"。后来我问了他的家人才搞清楚了，是"阿猜"。）

老部长接着风趣地说：

> 在老陈没有得老年痴呆症之前，我们俩说好了，下辈子还要在一起。不过她说，下辈子要换过来，她做男的，我做女的，哈哈。你们看，今天她也在场，坐在这里，虽然她听不见，但看上去是很高兴的样子。她现在没有忧伤，没有烦恼，没有压力，是真的到了"自在"的境界了。是不是啊，阿猜？

老部长这一天的话特别令人感动，这番话更引发了我的思考："六个不"对我们这些晚辈而言，不就是一堂触及灵魂的党课吗！老部长说，老伴身上的这些品质带给他一生的平安、幸福、顺利和发展。在场晚辈几乎都是党员，甚至刚出校门的第三代都是，在座的还有党员领导干部。老部长当着后辈晚生的面讲这一席话，应该不只是寻常夫妻间的感恩和赞美，而是一位党的高级领导干部借家宴小聚的机会，在给我们和年轻一代树榜样、立规矩、提忠告。他在要求家属们,也要能够几十年如一日地做到"六个不",就像他的老伴那样,这样才值得被尊敬、值得被爱恋。他是在让我们懂得:人生每一年的生日快乐,每一天的生活幸福,原是靠天长日久的、点点滴滴的严格自律才能得到的。

当老部长讲着讲着就情不自禁地对着陈阿姨叫一声"阿猜"时,当他头戴着生日冠、端着生日蛋糕送给他的阿猜时,我看到了老部长无比幸福的模样!这是投身革命、一身正气、两袖清风的品格滋养出来的炉火纯青的幸福模样!一朵幸福的花儿不仅绽放在他慈祥的脸上,也醉到了我们老老小小的心坎儿上!

注:胡平部长2020年8月4日因病医治无效在北京逝世,享年90岁。谨以此文表达深切的缅怀和无尽的思念!

游味生活

当生命走过一段历程,总有一些记忆是附着在某件器物、某段旅程上的。

一路培正,自能通达
总有一条小路
会让你遇到心中的爱

走在培正路上

培正路是那种一旦走过就会印象深刻,并从此忘不掉的文艺老街道。

这是一条因路上建有培正学堂而得名的路,是一条集老校、美坡、洋楼、名园、老街于一身的百年老街。它风物闲美,幽雅别致,中西合璧,情趣盎然,特有的韵味总是引得亲密爱人、文艺青年和摄影爱好者慕名而来。

我每天去菜市场买菜,来回都会穿行这条路;傍晚散步,会沿着这条路慢慢走。每次穿行,每次走过,我都会看到不少新婚夫妇和游人在沿路的各处拍照。

品味美坡

培正路建于二十世纪二三十年代。虽说东山没有山,但平坦的土地上也有不少山冈坡地间杂于水塘田地之间。当年的海外归侨在这里开发筑路,他们依坡地自然之势,把培正路修成一个大"S"形。整条路缓坡弯道,蜿蜒起伏,曲线玲珑,美不胜收。

直直的坡路是累人而缺少趣味的。东山另有一条龟岗大马路,一样依坡而建,却呈现着不一样的僵直,每次走过都感觉出辛苦。正如生活,如果成了一条直线,那会活得太累。

不知是哪位造路人独具匠心,深刻把握了修筑一条美路的神髓,并在造型和工艺上凝结着中华传统文化和对人生的信仰,这才有了培正路。曲线,代表丰满、圆润、柔软、和顺,一条美丽的小小弯路喻示着孕育、成长与生生不息;而坡度,代表跳跃性、流动感,缓缓的坡道隐含着平顺中的丰富与变化——缓坡之美,乃作天成;弯道之美,匠者仁心。

走这样的路,尤其对新婚璧人来说,是一次多么美妙的体验!曲折而跳动的蜿蜒小道,让人欢愉前行。看到更多风景的你我,需要学会爱,学会妥协,学会对不平坦的生活始终抱有信心。任你一路蜿蜒起伏,我自潇洒放眼揽采。

广州东山培正路(付娆绘)

品味老街

东山曾是广州的一个独立城区,如今是越秀的一个独特的街区。

东山的独特在于它与越秀、荔湾的传统老街区不同,它不是从2300多年老城区的历史中慢慢脱胎而来,它是近百年间在清末民初特殊的时代大背景下迅速崛起的另一种传统街区。

只有短短几十年时间,东山一跃成为广州最耀眼的地方。广九铁路通车和广州拆城建市两大历史性事件,使东山成为人气最旺的置业和结庐宝地。外国人、华侨和本地富商在东山择地大建住宅,使东山"地价日进,屋宇日盛"。古时东山位于广州老城区的东郊,虽名山却无山,因为明代此地建有东山寺,于是人们就把大东门外的这片农地称作"东山"。民国三十年(1941)的《广州概览》中记载:"东山本为郊外一村落,以广九铁路经此入世,欧美侨民,有的在铁路附近卜居者。民国以来,建筑西式房舍者日众,遂成富丽之区。"

东山远不如鼓浪屿著名,也没有成都宽窄巷子和沪上新天地那样的知名度,但它既神秘又亲切。很多没到过东山的人,都听说过"有权有势住东山"和"西关小姐东山少爷"的民谚,他们心目中的老东山就像香港人心目中的半山、美国人心目中的比弗利山庄一样,带着某种高不可攀的神秘感。但东山老街是温暖平和的。从培正路和两端的街道延伸出去的一片街区,成百上千幢风格各异的"东山洋楼",依坡顺路而建。它们独立建筑，中西合璧，错落有致，如今仍有400多栋保存完好，风韵犹存，成为广州现存最完好的中西低层院落式民居建筑群。在这个街区，外来人口与本地居民，大院文化与洋楼个性，聚居融合，友好守望。街坊们很享受这种平和，活得自在适意。即使窄窄的车行道人行道，上学上班早晚高峰，也从来没有见过人们因为各种摩擦而临街争吵。礼让与谦和、低调与朴实的光辉始终洒满培正路。

漫步培正老街，不时看到清水红砖、绿色琉璃瓦、木艺窗格、欧美风格与传统中式风格装点的一幢幢小洋房。从紧依着米黄色意大利批荡围墙的人行道上走着，一家一家院里探出来的有君子兰、三角梅，应季绽放的木棉花、凤凰花，还有终年扮美街道的满墙爬山虎。培正路上一个一个铺展在古街深处的屋宇古物，无不抒发着融汇中西、融通古今却没有被过度商业化的那种老街区的原有风味。培正路处在政府着力保护和打造的东山新河浦历史文化街区的中间位置，它的代表意义自不待言。

培正路老街，可以看作广州这座"从未向世界关上过大门的城市"在东山新河浦街区的一个缩影。狭窄的马路，不够两辆公交车相向通行，单行的设计，让这条路上时不时有漂亮的公交车通过，既是一道风景，也便于人们出行。这里，一边是柴米油盐酱醋茶的日常生活，一边是琴棋书画与学堂的古韵书香。这里，浪漫与市井同在，规整与个性并存，民国风与新时尚共舞，文艺范与烟火气齐飞。广州唯一获得"第五届全国文明单位"称号的现代东山街，依然绽放出百年广州古朴而深邃的魅力。

品味"培正"

培正路连接着烟墩路和新河浦路,靠近烟墩路的那一头聚集着三所百年名校。路的对面是过去的培道中学,现在的广州市第七中学,路东侧是培正中学正门,路西侧是培正小学东门。三所学校均气派非凡,"培正"是其薪火相传的共同的教育精神。飞檐碧瓦的漂亮校门上悬挂着"培正中学"匾额和"培正至善至正"的校训匾幅,长长的围墙上镶满刻有"培正"二字的琉璃瓦当。

站在培正路的北端,目之所及皆为"培正"。人在这一角,会瞬间受到莫名的熏染,一股古朴典雅的气息扑面而来,心会静下来,会下意识地注意自己的举止言行,让此时此地的自己变得庄重斯文。

"培正至善至正",校训蕴涵着深厚的中华优秀传统文化。《大学》开宗明义就有"大学之道,在明明德,在亲民,在止于至善";《周易》中说:"蒙以养正,圣功也"。"至"是"最"和"终极",体现了培正人执着与坚韧的理念追求;"善"是做人之基,"正"是立世之本,"正"与"善"既是道德伦理的要求,也是中国传统文化的精髓。"培正"一门三校蓬勃发展在粤港澳三地,正是因为有了薪火相传、历久弥新的"培正精神"!

与培正路相遇,是生命中的机缘,不仅是一次美景的揽采,也不仅是人生某个欢愉时刻的摄录,更重要的是对"培正"二字的体悟。

在来来回回的欣赏游览中,我好像明白了一些培正路的奥妙:"培正",它是要人们"至善至正"。"止于至善"是培正,"积善之家,必有余庆"是培正,"男正位乎外,女正位乎内"是培正,"不忘初心、牢记使命"是培正。"培",它是让人们抓住最初始,抢在初发源;"培",它是要人们终身追求,永不懈怠。

我终于明白,为什么有那么多新人来这里拍外景,是因为培正路!

这条路的空气里飘着传统、自然、诗意和爱的味道,沿着百年名校、百年老街、百年名园和国宝级建筑,移步换景,记录人生,留住永恒。只要带着诚意和正心而来,百年东山都会祝福你们婚姻美满、百年好合。这就是培正路,它从烟墩路走来,带着婀娜的绰约风姿通往上承云山下通珠水的新河浦涌。粤港联合制作的情景歌剧《为爱疯狂》中有一段歌词,好像是这样唱的:"夫与妻,妻与夫,中间隔着一段人与神的距离。有一条小路,它会让你达到心中的目标。"

培正路,恰似这样的一条小路:一条爱的小路,一端教你至善至正,一端让你通山达海。

喜遇"东山少爷"

一到广州,就听过"东山少爷"与"西关小姐"的说法,于是对东山和西关这两个地方充满了好奇。这天,我陪着老父亲转到越秀区的东山口,沿着恤孤院路、培正路、新河浦路慢慢悠悠地走着看着,对路两侧一栋栋红砖小洋楼着了迷,一路随手拍个不停。

不经意间,转到了新河浦路二横路,看到一栋叫作"润园"的庭院式小楼。古朴的红砖院墙、门廊上飞檐绿瓦和"润园"二字很吸引人,我和父亲拿着手机对着这座漂亮别致的洋楼和院落,从各个角度拍着照,边照着边聊着。这个润园与路过的春园、简园、逵园等有些不同,没有经过精心的打理和艺术装饰,似乎有意保留着私人宅院的原貌,感觉既神秘又高贵。在我仰头眺望楼顶的设计时,我父亲忽然提高了嗓门跟人打招呼:

"您好,老先生!请问这是您家吗?"

林伯家的"润园"(作者拍摄)

"是啊，是啊！你们好！"

我听到一位先生的声音，连忙转过身去。只见一位个子不高但风度翩翩、气宇不凡的老先生正微笑着，满脸谦和，彬彬有礼，一双很有神采的眼睛正打量着我们俩。他戴的小帽，身穿的夹克、浅色的休闲裤以及他的站姿都显露出文艺范儿，与广州大街上和公园里见到的老人有着大不同。原来，他是这个园子的主人！

我马上向他问好，随口赞美起这座房子、院子，并表示我们是被他家的小洋楼所吸引才驻足观赏的，并无他意。老先生见我们真诚又好奇，马上很绅士地推开小院门，示意我们进院子随便看看。我们一边道谢，一边跟着他慢慢地进到院里。地面铺设的花砖、走廊的花砖真的很漂亮，尽管看上去老旧，但地砖的质感和岭南风格的花色仍然透出民国时代的品位。老先生站在台阶前，转过身来，开始介绍他家的这座洋楼。

东山小洋楼时代

老先生的祖父是美洲华侨，这座小洋楼是他祖父辈从加拿大回国修建的。老先生介绍说，原来东山是一片丘陵和水塘地，因为培道、培正学校的兴建扩大，海外的华侨，还有一些富商就选择在这里建房。

20世纪二三十年代世界经济大萧条时，去美洲的侨民把辛苦赚来的钱带回家乡,准备在家乡购地建房。可那时国内军阀混战,家乡盗匪猖獗,在乡村建房置业不成。恰巧有位同乡在广州的东山培道学校附近一个叫启明路的地方建了一幢小楼,学生的家长纷纷求上门来租房,且租金出得很高。这位同乡的房子不够租住,他发现这是一个商机,建议同乡的侨商们在这里购地建房,一来可以出租,二来可以让自己的子弟上最好的学校。于是,这些华侨互相影响着结伴在这里购地建楼,落脚生根。

后经查阅资料得知,越秀区东山一带,从20世纪20年代起,成为当时权门显宦、文人志士、华侨富豪的聚居之地,一时群英荟萃。

"西曲东词"的建筑凝结着华侨情怀

东山因山而得名。东山位于广州城东三公里,明清时期,这里冈阜连片,广州人习惯称丘陵为冈,主冈为山,所以,把这里叫作"东山"。那位在启明路盖了第一栋楼的华侨非常精明,他看到各地的华侨、政要、富商都想在这里盖房,于是开始填塘、修路,引人买地、筑楼,这里很快成为一代风流人物的聚居之地。同时,他还发现了一个商机——楼宇设计。

那些华侨、富商、政要既有中华传统文化情愫,又接受和崇尚西方的生活方式,对住宅建筑有着全新的要求,想要建一种与西关大屋不同的带有西洋风格的房子,那时没有现成的建筑设计图纸，也找不到融通中西的楼房建筑设计师。于是，那位华侨就送自己的儿子去美国专修建筑设计。东山这里有很多座被称作"西曲东词"、风格独特的中西合璧小洋楼，有的直接出自这位青年之手，有的深受他的设计理念影响。

老先生说，他祖父建的这座楼就是由那位留洋回来的设计师拿出设计初稿，他的祖父对廊柱、庭院提出了几处自己的建议，使他们家的小洋楼有别于邻家。其实，每一家都是设计师和主人反复协商最后定稿的。据说，到1949年新中国成立时，华侨在东山建筑的洋楼达1139座，每家的风格都有细微的区别。"有钱有势住东山"的说法和"东山少爷"的形象广为流传，构成了百年东山的记忆。有许多洋楼早已消失在历史的洪流之中，而由于广州市和越秀区对新河浦保护区小洋楼整旧如故的保护，东山的历史建筑仍然焕发着迷人的光彩，值得细细品味。

昔日"东山少爷"，今日"润园"主人

第一次听人说起"东山少爷"时，以为这个称呼带有一点贬义。因为"少爷"一词多少带有好逸恶劳、徒有其表、坐享其成、华而不实的意味。当我们在东山的一个个街角、一片片宣传廊走过，当我们仔细品读过那些精致的图文介绍，观赏过生动的城市雕像后才知道，原来"东山少爷"是个爱称！

有的这样介绍：20世纪30年代，生活在广州东山区一带的

广州东山的老洋房一角(作者拍摄)

富家子弟被称为"东山少爷"。他们通达、创新,站在时代的潮流之上叱咤风云!

有的如此形容:他们或者生在东山,或者在东山度过他们的青少年时光,或者在东山建功立业!

有的更是纵笔称颂:在民国的广州历史舞台上,"东山少爷"是令人瞩目的风华一代。他们或在政界指点江山,勾画民主富强的政治蓝图;或者投身实业,科技救国,实业救国,代表了积极进取、报效家国的年轻一代!

我眼前的这位长者,如此善于表达,将东山的历史娓娓道来,令人入神。不知不觉间天色已晚,街上路灯亮了起来,我生怕过于打扰老先生,几次插话想辞别,但老先生看上去丝毫没有倦意,聊兴很浓。

聊到我父亲的姓,听说姓季,他就说起季羡林,说是大学者,很高寿。

聊到南通,他就讲起张謇,还说汉代有个张骞,两个字很容易搞混的。

聊起新河浦路时,他问:"你发现新河浦有什么特别吗?"我说:"我来这儿旅游,觉得新河浦路干净漂亮,一路繁花似锦,好像编号由东向西编排,东头的号小,西头的号大。"老先生听后直夸我敏锐。原来,广州市的门牌编号从市中心向外由小到大编序,东山在市区以东,越往东,号越大。独独新河浦路的编号越往西,号越大,那是因为美华北路特殊的开发历史。

聊起润园,他说是自己祖父起的名。他列举东山各个名园的名字，说是那些华侨文化程度不高，想给自己建的园子起个雅名，又想让后人记住老一辈人的辛劳，所以，都是从自己的名字中选出一个字来给小楼命名的。听了他的解释，我感到这很可信。

终于要说再见了，我冒昧地提出来给老先生拍个照。他欣然同意，主动提出来与我的父亲合影。因为我用手机拍照的技术有限，实在没有拍出老先生卓尔不凡的风采。老先生今年84岁，人称"林伯"，家族几代教书育人，现在还在辅导学生，难怪博学多才、风度儒雅，颇具谦谦君子之风。这次喜遇老先生，似乎领略到了昔日"东山少爷"的风采。

一句坊间的传说，或许就是解开历史的一把钥匙；一声"东山少爷"，或许就能引领人们去敲开东山百年小洋楼的探秘之门：

洋房别墅依旧在，原貌依稀看明园；

中西合璧建筑巧，风采依然在简园；

历史风云留痕处，一抹新绿挂春园；

还有隅园；

还有逵园。

游味生活

老父亲的广州游

好不容易才动员了七八十岁的老父老母来到广州。广东在他们眼里离南通很远很远,是比我们那个南方还要"南方"得多的地方。十来天里,我父亲的趣事可多了。

"夜游珠江"的担心

住在长江边的人第一次来到珠江边,扶着围栏看穿行在城市里的珠江,和踩着一人高的野草看浩荡的长江,感觉很不一样。我们姐妹陪着父亲在江边散步时,想把出游计划跟父亲聊聊。我说:"等你们适应了,缓上几天,等天气再好点儿,再稍稍暖和点儿,就夜游一次珠江。"

父亲听言,看看江面,若有所思的样子,而后很认真地看着我和小妹说:"现在恐怕游不动了。年轻的时候肯定没问题,我那时一口气能蹿好远,下水就能游一千米。"我们愣了一下。他看我们的表情,以为我们不相信他的话,用手指着珠江道:"这个江面有三百来米吧?嗯,现在恐怕游不过去了。"

我和小妹听着父亲的话,再看看他一脸的严肃表情,不由得笑个前仰后合。老父亲看我俩笑成这样,一脸茫然。小妹马上跟他解释,他听了也禁不住哈哈大笑了好一阵子。

上不了港珠澳大桥的懊恼

父亲说,这次来广东,就想看看港珠澳大桥。

父亲看电视只看一个频道——中央电视台13套,多年如此。他说:"这桥上个月就宣告通车了。我好不容易来一次,就想上一趟大桥。"

我赶紧联系去珠海的事情。老同学回话说,眼下如果没有港澳通行证的话,上桥还不行,只能在人工岛口岸眺望眺望。我把情况跟父亲讲了,问他如果不能上桥,还去不去看?父亲听后很疑惑,问我:"怎么不能上桥呢?"

这个倔老头梗着个脖子跟我理论起来:"前几天晚上新闻都播了,大桥都已经通过178万人次了,不就是车子上桥过一下嘛。我又不下车,怎么就不行呢?"

好家伙!我还真的不清楚这个数字,这老头倒是搞得很明白。不过，老人家毕竟是个厚道老实人，听了我的解释，知道现在有规定，他倒也很是通情达理，说是先放下上桥计划，回去办个港澳通行证，等下次再来广东，第一个项目就去游览这座很不简单的港珠澳大桥。我们姐妹顺势鼓励他，说到时陪他去香港和澳门走一趟！

买返程票

几位老人来到广州住下后，一再要求饭菜简单，说这次几个人都是坐飞机来的，很费钱。我告诉老人家，南通到广州就是坐飞机最省钱，只要提前半个月订票，就会很便宜，单程也就几百元。

没想到老人把我的话记得牢牢的，对飞机票的事特别认真。开始张罗回去的事时，第一件事就是催我订机票。"不是说提前半个月票价打很大的折吗，"老父亲就开始催了，"你们赶紧订票，查查哪天最便宜。"第一天说，我忘了；第二天又提，我又忘了；第三天让我坐在餐桌前，当下就查。我们姐妹仨只好乖乖地查。一查，12月6、7号广州至南通票价640元，8号830元。老父亲一听，生怕我又拖拖拉拉地不办，买不到低价票多花钱，就扯着不加控制的嗓门对我嚷嚷："现在就订，就订6号的，三个人可以省下小600块呢。你们不知道，这盘缠是笔不小的开支呢。马上订下来，马上订下来。"

票订了，老人家的心才踏实下来。

看鱼

水乡的人,喜欢看鱼。从长江来到珠江,还是喜欢看鱼。但不同的人,各有各的看点。

父亲看鱼

我请他老人家看珠江,热情地跟他说:"珠江多美啊,水很干净,从广州市穿行,城市多有灵气。不像长江,江边上草长得比人都高,想看都不方便。"父亲根本没听我说什么,他说:"这珠江的鱼真多,有大鱼。"他手朝江中心指着说:"你看那一圈一圈儿的水圈,下面有鱼。水波纹大的,声音大的,一圈一圈快快地漾开去的,就是大鱼;小圈的,就是小鱼。刚才那个大的,足有两斤多。"

真是有经验的看鱼人,大老远跑到珠江来看鱼。

表弟看鱼

沿着小公园走,旁边还有护城河,河水很清澈,河的两边繁花似锦,还有很多民国时期的建筑群。走在这样的地方,我兴致盎然,心想专程到广州旅游的老弟一定也是兴致很高的。不想这仁兄眼里只有鱼,难怪他是个出了名的钓鱼高手,对鱼特敏感。他眯缝着小眼睛看看我,一边笑一边自言自语:"这么大的城市里还能有这么干净清澈的河水,多少年没见到过了,就跟我们小时候家门前的河一样清。鱼一会儿钻到水草里,一会儿浮到水面来,都看得清清楚楚。真想钓鱼啊!"正说着呢,看见旁边一块"禁止钓鱼"的牌子,还叹了口气说:"要是让钓就好了,这儿的鱼,肯定容易咬钩。"

婆婆看鱼

登上广州塔,请婆婆用望远镜从高空看看广州。老人家左右摆弄了一会儿,转过头来跟我们说:"下面好多条小黄鱼,游来游去的,还蛮整齐的。"我有点纳闷,从这么高的地方能看到江里的鱼?还在游?我通过望远镜一看,一下子笑得直不起腰来。原来,老人家看见的是海心沙的中心广场,正巧有人在排练《花开新时代》的歌舞节目。演员身上穿的是黄颜色的衣服,队伍一会儿往这边走,一会儿往那边走,确实挺整齐的。黄鱼嘛,从小吃的,她最熟悉了。场地的外侧好像画了些水波纹,她以为那是个大鱼塘,鱼儿在池塘里游来游去。她看我笑成那样,不知咋回事。我告诉她,真的是鱼,不是黄花鱼,都是"美人鱼"!

妹妹看鱼

姐妹们到一起,最重要的事就是逛菜场。妹妹第一次逛广州的菜场感到新奇,最打动她的是鱼摊。原来,这里的鱼不是一整条一整条卖的,而是切成一小块一小块的,分部位码放着。爱吃鱼嘴儿的,爱吃划水的,爱吃鱼肉的,想吃哪个部位,就买哪个部位,很方便。她一边看一边赞叹:"广州人真灵活,真会做生意,鱼又新鲜,又不会浪费。"

妹妹看鱼,看的是鱼档的生意经。

我的"鱼"

我的"鱼",其实是我微信公众号的留言,每一条留言就是我喜欢的一条"鱼"。每次一看到留言区的数字增加,我的心情就像小时候看到从水里提出来的鱼篓子里有鱼一样兴奋。这种鱼篓子我很小的时候就会做了,用瓦片一夹,支在砖块上面,再用绳子绑好。头一天放到水里,第二天早上醒来的第一件事就是去拉上来看有没有鱼。一见有鱼卧着，一天都高兴。有时还会有两条，最多的时候有三条，那种老家人叫作"虎头鲨"的鱼最多了。现在每篇文章一发，不一会儿就想去看看有没有留言。只要有留言，感觉就像鱼篓子逮着鱼了，快乐无比，能笑很久。我跟家里的人笑称留言是鱼，看留言和回复的时候，我就会跟小妹说，又有鱼啦！那天文章发出后，晚上打开电脑一进入界面，小妹看到留言，大声地喊出来："有鱼，18条！"

鱼在水里的快乐我们不知，我们看鱼的快乐，鱼也是绝对想不到的。

粗茶淡饭的日子

不知不觉地,结婚都几十年了。这父一辈、子一辈的,感觉餐桌上的日子变化真大。

1

我小时候生活在南方乡下。在我们父辈,粗茶淡饭是过日子、度生活的固有模式。早上稀饭、馒头或馒头干、煮鸡蛋、咸萝卜干,中午米饭加上炒地里当季的鲜菜,偶尔会有红烧肉和蛋汤,晚上稀饭、咸菜,这些是大多数人家的标配。几十年如一日,基本上不会变出什么新的花样来。

让我印象最深的是夏天,从地里收工回家,又渴又累,开水泡饭是最省事的。有时就着老娘腌制的咸鸭蛋,咸鲜咸鲜的,再拍盘黄瓜，简直是一天最享受的时候。

喝的更简单。白开水当家，有时候家里的大人来了兴致，就煮壶天水茶，泡点稍稍发了黄的绿茶。更多的时候，随手摘几片门前的藿香叶，大碗一泡，喝着也特清凉爽口。一家人围坐一桌，喝着聊着，其乐融融。

这是我20岁以前印象最深的茶饭生活。

我的老家，这样的日子几十年、上百年不变，加之日出而作、日落而息的生活习惯，这里的人很长寿，恐怕也是粗茶淡饭带来的好处。

2

20世纪80年代，我到了北京，生活工作在城东城西、城南城北的，终日奔波，晚睡早起。早上安坐喝粥，下午小坐品茶，都是妄念。往往一片面包、一袋方便面、一笼包子，对付了事。

来了朋友怎么能随便对付呢？

讨巧的家庭主妇平时一定会做些吃的储备着。一瓶啤酒、一盘花生米、一盘拍黄瓜，再切一盘松花蛋、一盘午餐肉，分分钟开席。等宾主吃上了喝上了，赶紧炸些鲜虾片，西红柿鸡蛋汤一煮，手脚麻利点，也就十分钟搞定。

转眼到了20世纪90年代。工作担子重了，上有老下有小的，几副担子压着,人就渐渐地感觉累了,但我们家下班后买菜做饭,一家人围坐边吃边聊,还是主基调。后来越来越忙碌,招待客人的时候,下馆子多了起来,在家做饭就少了。

不过,我有个"神仙同学",她坚持在家做饭,特别是在孩子的早餐上,亲力亲为,绝不马虎。自儿子上小学开始,她就凌晨4点起床,煮米饭,炒鸡蛋,炖肉,煮青菜。

她有自己的理论:孩子的主课都在上午,早上用脑最多,如果早餐不吃好,到11点的时候,孩子一定会饿,饿了就会分神。所以,早餐在他们家是正餐。她会在前一天采购好食材,收拾备好,凌晨起床后,现煮现炒现炖。

融入爱与亲情的早餐,味道一定鲜美无比,相信孩子用早餐的时光是最愉悦的。我同学这样做早餐,一直持续到孩子高中毕业。现在,她的儿子虽远在异国他乡,但他一定会时常想起妈妈的饭菜的味道吧。

3

如今,90后、00后的孩子长大了。不过短短几十年时间,年轻一代的日常茶饭与我们的就大不相同。

现在的生活节奏快、好玩好看的多,年轻人虽然学历高、收入高、条件好,但工作压力也大,他们日常饮食大多通过速食餐、方便食品或在咖啡馆、快餐店解决。我听说,现在很多青年人不会做饭，有的年轻夫妇家里从不开伙，外卖又方便又快捷，吃的喝的一应俱全，吃了饭不用刷锅洗碗，特别省事。

去饭馆、叫外卖成了不少现代青年解决饮食问题的主要方式。饮食的内容也发生了天翻地覆的变化，现在的美食多得让人眼花缭乱，而且很多孩子留学在外，深受异域饮食风格的影响，对冰水、合成饮料、油炸食品等更是爱得狂热。

孩子们从烦琐重复的家务中解脱出来，比我们和我们的上辈人过得现代、轻松、舒适。他们享受着科技、时尚和国际化所带来的快捷便利，这或许是时代的福利。

不过，居家还是要有"家庭"的味道。下厨少了，亲手操持少了，老少共餐少了，那种"无攸遂，在中馈"的传统便渐渐疏离了，其乐融融的氛围便淡了，对生活的体验和品味也就变浅了。

新冠肺炎疫情开始暴发的几个月，很多人只能待在家里。在回归家庭、回归粗茶淡饭的日子后，听说很多年轻人难以适应。如果父母不在家做好饭菜，不少人只能靠点外卖来解决一日三餐。

我不禁又一次想起我那位"神仙同学"。

其实，她每天做的是再普通不过的家常饭菜，她想的是让长身体的孩子吃好吃饱，让用脑要紧的孩子吃得干净、新鲜、舒心。在我看来，这寻常的粗茶淡饭，便胜却大餐无数，她给了孩子安全和温暖。

4

过日子,其实没什么固定的模式。

时代不同,日子就得随着时代变,这是与时俱进。

各家不同,日子就得过成自家味,这是各有千秋。

但不管时代怎么变,居家过日子,还是简单饮食、粗茶淡饭的好,还是自己动手下厨的好。这样质朴的、简单的、健康的日子,这样一家人在一起,你洗一把菜、他温一壶茶,你支把劲、我搭把手的日子,这样团团圆圆的、自自在在的、欢喜而素淡的日子,这样青菜萝卜粗茶淡饭的日子,才是轻松、踏实而长久的日子,是真正的好日子。

好想逛逛菜市场

"要一桌好菜,买办之功居四成。"清代袁枚的《随园食单》中,点出了菜市场在美食家心中的地位。

做广东菜,蒸一蒸、灼一灼、煲一煲、炖一炖,用最简单的方法烹饪出最鲜美、最原始的味道。这食材得多新鲜啊!要寻找新鲜的食材,来源正是菜市场。

肉菜市场的生趣

我在广东时经常逛东山肉菜市场。东山素以洋气、文雅闻名,但"菜市场"前还加个"肉"字,并且上百年没有改掉的,好像在别处没看到过。老广东人对肉的喜爱,怕是深入到了骨髓。

那是个亲切又神奇的街市,一年四季为芳邻送来最新鲜又难得

东山肉菜市场（付娆绘）

的食材。生趣，没有一个地方比得上这里的。那些卖菜卖肉给你的菜贩最懂食材最懂吃。如果感到疑惑，问菜贩准没错，他们总能说出个七七八八来，有些热心肠的，还会分享他们的烹饪秘诀。

有一次我去买肉，说是煲汤用的。摊主一脸笑意地问："吃肉还是不吃肉？几个人吃？"我说："吃肉，三四个人吃。"他马上麻利地摘下挂在钩子上的肉条，切下一小块，递给我说："给你这块苹果肉，好吃的。"我好奇地问："要是不吃肉呢？""那就普通的瘦肉。"明白了，以前与广东的朋友共同喝汤时，他们只喝汤，不吃里面的菜。原来，他们管煲汤的鸡脚和瘦肉什么的叫"汤渣"，一般不上桌的。这煲汤用的肉竟有这般奥妙。

"如果煎着吃，哪个部位更好呢？"我又问。

游味生活

东山肉菜市场的水果摊(付娆绘)

"猪胫肉。这个最适合煎着吃,又香又软,用来炒韭菜也是顶尖地好。"摊主答。

我在这里第一次体会到什么是方便和快捷。卖海鲜的,杀鱼和开贝壳不在话下。卖肉的,不管是切片、切丁还是切丝,个个刀工娴熟,唰唰两下就切好。

我想照着菜谱学煲一道鲍鱼鸡块汤。师傅一听,马上说:"煲汤用的鲍鱼,你就买6块钱一只的,两只就够。我帮你开好,刷干净。这个壳不要丢掉,也要放在炖盅里一起炖。这个季节,鲍鱼的壳也是一味药材,对身体好。"说话间,三下五除二处理了两只小活鲍,麻利地装进袋子,乐呵呵地递到我手上。

给我惊喜的还有鱼档。这里的鱼不是一整条一整条卖的,而

东山肉菜市场的鱼档（付娆绘）

是切成一小块一小块的，分部位码放着。爱吃鱼嘴儿的，爱吃划水的，爱吃鱼块的，想吃哪个部位，就给你切哪个部位。如果只想熘鱼片，一二两也行。我站在鱼铺子前，心里不停地惊叹："广州人真灵活，真会做生意。鱼新鲜不说，买得称心，还不会浪费。"逛鱼摊，逛的是广州人的生意经。

那些卖菜的还特别会聊天，什么快要聊死的话题，他都能给你聊活。有一个卖鸡的小伙子就很会聊天："你明天要早点来，能挑到更合适的。今天你来得有点晚了，不过，我帮你选个好的，还可以给你打个折。"

如果遇上资深吃货，还能跟上点当地的"食尚"。有一个傍晚，我正瞅着刚到的薹头犹豫着买还是不买，走过来一个小伙子，像看

游味生活　105

到宝贝似的马上称了一把,对我说:"藠头可是这个季节难得的时鲜了,最简单,就炒肉丝,放一点米椒,保证特别香,还下饭。"

我这个外地人逛了几回后,也会选青菜了。比如,啥时吃云南高原来的,啥时选宁夏平原种的,什么时节要吃广东地产的萝卜和青菜,怎么挑选正宗水东芥菜,广东电白的水东芥味道确实鲜美,难怪成了中国国家地理标志性产品。

东山人的时尚

双休日一到,东山人的沸腾生活从清早就拉开了序幕。从蔬菜到海鲜,东山肉菜市场的货品往往最新鲜、最日常也最丰富,买卖双方的亢奋和愉快都溢于言表。

鲜活的食材好得没法说,各种生猛海鲜,新鲜又便宜。煲汤材料想象不到地多样,可以让你一年三百六十五天不重样儿,让人对世界有了完全不一样的认知。

这里人挤着人,朝气蓬勃、人声鼎沸,叫卖声、讨价还价声、广告宣传声,各种嘈杂声不绝于耳。在这市井气、拥挤和杂乱里,透着友邻间的亲切,这种感觉别处难以找到。

没有人会在菜场里自杀。听着小贩清亮的吆喝,热闹地讨价还价,看着五颜六色的蔬菜、新鲜水嫩的瓜果、活蹦乱跳的海鲜,心里慢慢会变得温暖又亮堂。一个爱逛菜市场的人,当然是不会垮的。

老东山人中爱美食、会做饭、懂得生活情趣的人多,逛东山

东山肉菜市场的菌菜（付娆绘）

菜市场绝不是老人和家佣的专利，也是很多精英人士的最爱，这是百年传承下来的老传统。

在这里，爱逛菜市场绝不是落伍，也是一种时尚。资深大厨和口味刁钻的"吃货精"直接钻到看似不起眼的沿边角屋，去寻来自韶关、梅州、河源、湛江、潮汕等地的心头好。

时令不同的野菜，如菊花菜、槐花、榆钱、紫苏、薄荷、荔枝菌等，可遇不可求，得靠运气。特殊的食材总是让人念念不忘，它们刚从山上、地里、树上、海船里下来，老食客像是闻到了泥土的味道、阳光的味道，听见了原野的声音、海浪的咆哮，"吃"的本色被唤醒，味蕾着了魔，创新的灵感一浪一浪地迸发出来。

东山肉菜市场的瓜果（付娆绘）

一锅总有人排队的猪红汤

菜场入口的地方有一个只一张条桌的地儿，有一个卖猪红汤的，挂着"今香食品"的牌子。一年四季、从早到晚总有人排队，可站在路边吃，也可打包带回家。我也排队买了一份，5元的大份。那么大的量，感觉站在路边吃不太习惯，于是拎回家，倒了满满一大碗。

那口感真叫绝，味道鲜香诱人，上面漂着细细的韭菜末，汤里有胡椒的味儿。每一块都是一样大的个儿。我吃了一块，好吃，再吃一块，好吃。这么好吃的血豆腐，要和家人分享才对。于是，盖上盖儿，放在一边。可是，经不住诱惑，又打开盖儿，吃了一块,又盖上,过了一会儿,还是没有控制住。结果,全吃光了。

晚上,我跟家里人说,对不起,今天吃到一个美味,真的是想留给你吃的,但太好吃了,没留住,全吃了。

人间烟火气,最抚凡人心。除了猪红汤,市场边上还有让你垂涎三尺的荠菜饺子、手打牛肉丸、风味肠粉和永远吃不厌的云吞面。小吃的味道勾连着岭南的山山水水、风土人情。

这是集市风格的菜场留给现代城市的乐趣,总有差异,常有惊喜。

执着保留的传统风

在我眼里,东山肉菜市场和相邻的龟岗市场,像超市,更像集市。

东山肉菜市场作为城市生活的缩影,自然不应该停留在过去潮湿、闷热、杂乱和臭气熏天的形象里,也经过了几番改造,被赋予了不少新的元素,但它的底色还是农贸市场。这在菜市场遭遇"爆改"的当下,是个神话般的存在。

这应该得益于广州人一贯的务实作风、商业精神和对传统的坚定执着。

淘最新鲜的菜品,吃得好、吃得健康,绕过被包装和中转出来的溢价,获得远高于超市、电商买菜的收益,是东山人又酷又实用的生存逻辑。

广州人尊重历史文化和人居要素,不搞大拆大建,只做"微更新",以绣花功夫共治共建共享,只为提升居民幸福指数。正因如此,2019年,联合国人居署创设的"亚洲都市景观奖"颁发给了"广州东山新河浦历史文化街区复兴工程"项目,使得东山新河浦成为一处世界级地标。传统风格的保留,让人在这里还能看到市井之地温暖的生活本色。广州的市井气息也是它的独特标签,是广州的"魂"。市井气息里飘荡的是亲民、包容的岭南风。没逛过广州老城区的菜市场,不足以谈生活。

保留传统风格的,不止广州,北京也不少。朝阳门内南小街菜市场就是这样一个能让你货比三家的地方。当时,眼看着很多集市逐渐被改造成了超市,这里的原住民坐不住了。这里与使馆区靠近,听说老外也不愿意大改。他们喜欢逛中国有特色的菜市场,想看看老百姓的生活到底是什么样的。所以,他们和"菜市场发烧友"一起呼吁,最终,保留下这么一处接地气的菜市场。

据说,高贵如丹麦玛格丽特女王,也特别喜爱逛菜市场。女王时不时手里拿着菜篮子,像普通的家庭主妇一样在菜场里逛,问价砍价,货比三家,逛得津津有味。看来,传统一些、原生态一些的菜场,还是有生命力的。

集市般的肉菜市场,从从容容地深藏在繁华的老城区内,任由吾辈精挑细选、讨价还价。肉菜绝对新鲜,价格绝对亲民,这是过日子的王道。

只要有执着于传统的食客存在,只要有"桃姐"们存在,城区中的集市型菜市场是不会消亡的。

走进菜市场,沾染烟火气,能获得心灵的疗愈。也许正是如此,上海高陵集市、苏州双塔市集、杭州红石板农贸市场,还有"网红"北京微风市集都抹上了集市的色彩,也许未来会成为社区的共享厨房。

我的一个朋友曾这样写道:经常逛逛市井的早市、晚市,会升起对生活细枝末节的小情趣、小欲望和小快乐。感受着普通小商贩为了一点小利的眼观六路、积极热情、勤奋努力,顿时感觉自己的生活没有那么不如意、事业也没有想象的那么艰难,未来可期,信心倍增。

菜市场真有一种神奇的魔力,让人莫名萌生出对生活的热爱。到这里逛一逛,看看那些乐天知命、随遇而安的菜贩,哪会心情抑郁呢?提着一袋鱼和水,一路上听它活蹦乱跳,搅得水和塑料袋子沙沙作响,哪会不开心呢?

菜场何止买和卖,它是与生命给养和人生意趣紧密相连的。

如果没有集市的激发,今天的我们怎么会读到如此生动的诗:"氓之蚩蚩,抱布贸丝。匪来贸丝,来即我谋。"怎么会听到如此深情的歌:"您是去斯卡布罗集市吗?那里有鼠尾草、迷迭香和百里香,请代我向一位姑娘问好,她是我最爱的人……"

纵使千年万载,纵然千山万水,人类本真与共、心性相通,至真至纯、万古永恒。

余生的好时光,我愿意这样度过:要么在书房,要么在厨房,其余一半的时间,我用来逛菜场。

家乡的菠菜

初冬时节,我老家菜园子里一定长满了菜,我最爱吃的是黑塔菜、荠菜、菠菜还有青蒜。入冬以来,父母已经寄来好几拨了,还吩咐我分送给在北京的几个老乡尝一尝。

这个到处有、一抓一大把、价钱又不贵的菠菜,究竟有什么稀奇的,还得从老家费劲地寄?你别说,这还真不一样。这并不是"惦记妈妈的味道"的矫情,也不是因为听了多吃菠菜能抗病毒的传言,"家园菠菜云中来"的感觉于我是有些特别的。

苏北那个地方的冬令蔬菜极好,这是托那方水土的福。我们南通、盐城沿江海居住的老乡是很有口福的。很古的时候,这里还是一片大海。长江冲积带来的泥沙,使这块大陆不停地向东伸展,于是就不断地有人迁居到这里。经过很多年,经过很多朝代,地方官员组织当地居民围海垦殖,一代接着一代改造盐碱荒地,让滩涂变良田。

我在想，一定是因为千百年江风海韵浸润、江河湖海融通、沧海桑田积淀、百姓爱土如命的缘故吧。如此独特的水土因素，又安居在风调雨顺的气候带上，使得这片来之不易的、世世代代从人们手上"长出来"的土壤，营养富足，种出来的植物味道别具。比如，我小时候吃的家乡土产稻米就特别香糯，十月新米下锅，不需任何佐菜，一下子可以吃它三碗。我们家乡的蔬菜，好像咸中含甜，到了寒冬时节，霜打过却没有冻坏的青菜最是鲜香无比。

要说在我们那里，菠菜都算不上一道正经菜。待客的时候，菠菜大多过水焯了做凉拌菜，是给主菜开路的；要么与荸荠、韭黄、鸡蛋皮一样，充其量是个配菜。可在家常菜里，菠菜绝对算"餐桌上的网红"，它不必如黑塔菜那样，需要文蛤或者冬笋搭配才不显得单调。热吃，蒜蓉菠菜、鸡蛋炒菠菜都行；冷吃，冬天的菠菜，秆儿是挺的，叶儿是脆的，凉拌既可下酒又开胃，做法简单，好吃好看，永远是一家老小的最爱。

有人说，菠菜不适合冬天吃。哈哈，那是物流不发达的时代的事了！我们老家的这种菠菜，即使在寒冷的冬季，也会像花伞般贴着地皮一层一层向外长。新叶像英俊的王子般骄傲地挺立在每一户人家的菜园子里，又纯又脆又甜。菜根儿红红的，叶片儿绿绿的，被古人称为"红嘴绿鹦哥"。我老家种的菜并不为卖钱，要是谁想吃，只管到我老家去。在家乡的田园里，它到处蓬勃地生长着！

菠菜带着鲜味，似乎也带着神奇的能量。

有个老动画片叫《大力水手》，里面的主角只要一遇到困难和危险，就立马拿出一盒菠菜罐头来吃，体力和战斗力迅速恢复。

"把蛋糕拿一边去，上菠菜！"这是大力水手生日的口号。现在这位大力水手都"90多岁"了，还在吃菠菜呢！

动画片似乎是夸张的，不过，菠菜对于人的身体确实是有好处的。有人说菠菜好，能消炎，能补血，能增强抵抗力，对老人尤其好。或许，菠菜的好处远不止于此。在那个经济大萧条的时代，一部动画片，一个力大无比、爱吃菠菜的卑微小人物，曾一度风靡世界，某种程度上成为那个特殊时代的"安慰剂"，人们从这个动漫人物身上看到了战胜艰难险阻的乐观和勇敢。

过年时，许多漂泊在外的游子都会回到家乡。我们那里，家家户户的房前屋后，长得齐崭崭的黑塔菜、荠菜和菠菜就是备在这样的节令吃的，这些菜似乎成了"年菜"的符号。家人寄来的这些"年菜"，是美味，也是念想；是温暖，更是力量。

好好味,空心菜!

邻居小姑娘带着一把菜来家里,说是要教我做一道广州人夏天常吃的极简风味菜:素炒空心菜!她鼓动我说:"阿姨,这个菜真的是好好味的!"

广州夏天晴雨无常、湿热侵身,以一盅好汤、一盘凉瓜来祛除暑气,似乎是岭南饮食不变的主题。当地的"医食神"主张入夏后的饮食,既以"清淡祛湿"为主,也要配以辛散之品,以起到"发陈行气"之效。

想到在火热的广州度过长长的夏日,只是煲汤和瓜果,再散淡的人也会觉得索然无味啊。

空心菜,会是一个小惊喜吗?

小姑娘一边备菜备料,一边用不怎么流利的普通话给我讲解、示范。我耐心地一边听一边仔细地看,顺便打打下手。不一会儿,一盘腐乳蒜瓣空心菜上桌了。果然,好好味道,

买菜的人们(付娆绘)

又脆又咸鲜香。她的手艺真不错!这盘素炒空心菜,下饭没得说。

平常空心菜,文人却钟情

小姑娘看我吃得香,笑嘻嘻地说:"还可以用虾酱炒,也很好味的。我们这里的老人们常这么做着吃的。"

这就对了。

好像金庸的武侠小说《连城诀》中写到过空心菜。

张爱玲写岭南寻常人家的生活场景时,也说到了虾蓊菜:

"初夏的黄昏,家家户户站在白粉墙外捧着碗吃饭乘凉,虾酱炒蕹菜拌饭吃。"因为她曾在香港读过书,对岭南的人情风物看得真切入微。

她说的虾蕹菜,就是通常的空心菜。岭南老百姓管空心菜叫"通菜"。江浙沪的讲究人叫它"蕹菜",吴侬软语念起来,很温柔的样子。云贵川人称其"藤藤菜",成都人也有叫它"无缝钢管"的,生动地叫出了它四处疯长、空心老哥的样子。闽南话叫"红英菜"或"英菜",一副爱怜的神情。

我感觉,还是"空心菜"叫着耳顺亲切,听起来也有种好生好长、疯蹿狂长、温柔水灵、生命力和繁殖力都很旺盛的样子。这个名字天南地北的人都明白,南来北往的游子,听着这个名字,就感觉家乡不远。

其实,空心菜还有一个文绉绉的学名,叫"蕹(wèng)菜"。汪曾祺是文人中的美食家,他在《五味》中曾这样写道:"北京人过去不吃蕹菜,不吃木耳菜,近年也有人爱吃了。"可见,空心菜被北方人接受和喜欢的事情,这位大文豪也是明察秋毫的。

空心菜也是有担当的

只要有雨水,就蓬蓬勃勃地逸生野长、掐之不尽的空心菜,好吃不贵,好做不费事,几乎人见人爱。

聊聊天（付娆绘）

有人说，空心菜之于夏犹如白菜之于冬，一样地随处可见，稀松平常，一样地恬淡自珍，宠辱不惊。

底层百姓只是用它来下饭，不会将它当作不可或缺的奇珍野味。而一旦遇上战争或者灾荒，空心菜却是人们糊口度日的一道防线。

抗战时，北大清华南开三校内迁，傅斯年主持的中央研究院历史语言研究所也辗转西南桂林、昆明等地。傅斯年与自己的学生变卖了随身物品后，每顿饭只有一样下饭菜：一碟空心菜。有一段时间,新组建的西南联大师生几乎每天都去采摘空心菜吃。野外的空心菜几乎都要被吃光了,根本来不及长。

20世纪50年代末60年代初,一到夏天,广大农村家家户户男女老少几乎每天都会吃空心菜,因为大多数能吃的东西都吃光了。城市的市民每人每月19斤粮食一斤肉外,余钱只能勉强买点空心菜来吃。听说那时成都和重庆的大街上,到处是提篮摆摊叫卖凉拌"无缝钢管"的。

空心菜是有担当的:乱世荒年,它以一己之力"普度众生";繁荣盛世,它也能在大牌餐厅自成一道独具风味的风景。

空心菜原来也是一味药

空心菜是地道的平民菜,不仅价格亲民,还因为它是碱性食物,常吃可预防感染、防暑解热、凉血排毒。空心菜的功效不止于食用,它的奇妙之处还在于药用。《广州植物志》介绍说,内服空心菜煎汤解饮食中毒,捣汁外用治一切胎毒、痈疽和蛇虫咬伤。

据说,过去广东人用它来治鼻血不止和囊痈,福建人用它来对付湿热病毒,贵州、广西人用它来治疗出斑和皮肤湿痒。

一想到它药用的好处,我每次都带着愉悦和崇拜的心情挑选、摘叶、清洗,极为认真耐心,一根一根地摘去它的叶子,细致地、疼爱地把它在菜筐里码放整齐,让它天生的那副走T台的范儿更俊美些。

空心菜清淡平常到极致，勤劳智慧的人们发明了用虾酱、蒜蓉、豆豉、腐乳等提味提鲜的法子来爆炒，让它或咸香鲜，或麻鲜辣，成了滋味十足、开人胃口，在湿热夏日发陈行气的佳品。

据说，章太炎对它情有独钟，"每逢暑天，几乎不可一日无此君"。

想吃的时候下下厨

几年前，我在北京一家有名的湘菜馆曾吃过一道炒空心菜，很不错的味道，以后再没吃到过那种味道。

记得当时上桌的是一个瓦罐，空心菜秆儿长长的，浅浅的淡绿色，不带叶子。筷子夹着软软的，吃到嘴里却有点儿劲脆，豆豉泡椒炝炒，咸鲜微辣喷香，令人久久难忘。一上桌，很快就被大伙儿抢光了，马上又叫了一份，还因此多吃了一小碗米饭。

空心菜好吃，家常蒜蓉炒、清炒都不错，可我总是拿不准火候，炝不出好味。不是颜色黑乎乎的，就是叶子烂乎乎的，有时还整出类似红薯叶过了火、小时候大铁锅煮猪食的怪味。我在很长时间都不再碰空心菜，往往用一盘懒人常做的拍黄瓜来代替，但还是很想吃的。

小姑娘做出了我喜欢的味道，那是地道老广东的做法。

南国风景（付娆绘）

油热后放蒜瓣、麻油白腐乳、几根红椒丝煸炒，等锅内热旺的时候放入空心菜段，再爆炒，调味，出锅，极简朴、极美味的炝炒空心菜就成了。其中的关键是上好的、适量的麻油白腐乳。在这"少许""适量""适时"的细节里，需要那么一点点对烹饪的悟性。

空心菜并不需要借助鸡肉鱼来提升自己的鲜美度，它自带睥睨一切、横而不流的主角气场。没有什么可以与它配伍，一切，都是它的作料。

它需要的只是速度和激情，只需要爆炒，或者爆焯。无论是整条下锅，还是只取叶头茎尖，不变的都是对烈火的追求。

无论别人有多少种"飞水凉拌法""烈火爆炒法"，我唯一的套路就是：去掉它的梗子和秆儿，让油嫩的头和叶片轻轻地在开水中待上两个60秒，然后飞快地把它放在水龙头下，任飞水冲凉它，让它飞快地跃过60度变色线，还它本真的醉人的油绿。然后，都来吧，让各种作料都来吧！

岭南美食万万千，可我越吃越爱最平常、最便宜、皮实又清高的空心菜！

乳香

在商量年夜饭时,孩子们建议我做一道"南乳粗斋煲"。

南乳其实是我们常见的红腐乳,是以优质大豆为主要原料,用红曲米、绍酒等为辅料,经复合发酵制成。南乳香气浓郁,风味醇厚,具有健脾开胃的功效。好吃的岭南的鸡仔饼、南乳花生和顺德的大良蝴蚧都是用南乳做出来的。我曾学过岭南人炝炒空心菜的诀窍,也是以南乳做的调料,味道确实要比只用蒜头爆炒更醇鲜。

腐乳是我国流传数千年的民间美食,小时候就着腐乳喝一碗白粥、读大学时大馒头夹腐乳作为绝美午餐的记忆满是惬意。

南乳粗斋煲这道经典粤菜我以前也曾在粤菜馆里多次吃过。它是岭南人的保留菜品,因为广东、福建、香港、澳门、广西等地的大多数家庭还保留着吃素祈福的老传统。各种素菜食材放在一锅里,用南乳烹香,预示全家和睦、家族兴旺,因此这道家常素菜也是南方多地过年时的大菜。

南乳粗斋煲用的食材都是素菜,容易准备,我便照着教学视频操练起来。做过几次后,我感觉要做好这个煲并不简单。

首先它很讲究食材的搭配。比如,种类要丰富,一盆素食煲至少需要准备十种食材,包括干货泡发的和新鲜采摘的,腐竹要选用圆的而不是扁的,新鲜蔬菜要选禁煮的。

其次是主角不能缺。有几种食材必不可少,诸如木耳、胡萝卜、白菜、腐竹和粉丝,广东人过年时还会加上发菜,谐音"发财"。

制作程序也是顶顶重要的,有些环节不能简省,也不能颠倒。比如木耳、香菇、腐竹要先泡发,香菇、木耳、胡萝卜需要飞水五分钟,白菜需要先焯水一分钟,粉丝得最后收汁时才下锅,等等。粉丝下锅也有诀窍,如果不把泡好的粉丝剪开、打散、铺平,就会堆成一团糊在锅底,甚至会坏了一锅的鲜味。

刚开始学做这道煲仔时,我从网上商城买带有"南乳"字样的或是南方生产的腐乳,广合腐乳、桂林腐乳还有台湾风味的腐乳都用过。后来,我发现南通的新中腐乳味道也很鲜美,便试着与其他腐乳混合使用,一般都是两块红方与一块白方搭配,味道很不错。

南乳的外表是枣红色的,内里是杏黄色的,闻起来有脂香和酒香,而且有点甜味,鲜而不咸——优质的南乳都是这等风味。瓶装的比较普遍,如果能买到埕(一种陶制的酒瓮)装的就更美了,味道会更加香浓。

听说浙江的绍兴醉腐乳非常有名，邵力子先生就嗜食绍兴醉腐乳，每顿饭都离不了腐乳佐餐，招待客人必会端出绍兴醉腐乳作为风味上品。以后我会试一试搭配绍兴醉腐乳，看会是什么样的味道。

据说，南乳粗斋煲是岭南传统的"妈妈菜"和"奶奶菜"。现在的我是一个妈妈，也是一个奶奶。我想在自己59岁生日时做上这道"妈妈菜""奶奶菜"，应该是最合时宜的。

天南地北的腐乳，带着各自独特的水土气息，有着不同的工艺和配方，烹煮出来各有各的香气。因它们都有一个共同的"乳"字，各异的香气中都散发着隐隐的乳香。这乳香让我想起了乳汁的甘甜，想起生我的母亲。"人及鸟生子曰乳"，乳是生养，乳是乳汁，乳是哺育。从这道菜的调制中，我看到了"乳"的魅力。我是妈妈，我是奶奶，用心做一道美味的"妈妈菜"和"奶奶菜"，增添些"乳"的力量，好让自己更好地护佑儿孙。

同时，我也是女儿，在节日里做一道南乳粗斋煲，也能表达我对父亲母亲的感恩之情。

一盒黄豆酱的味道

我喜欢粗茶淡饭。

喜欢它的家常,喜欢它的简便,喜欢"粗"与"淡"里自带的意趣。

"粗茶淡饭"一语,据说是宋代黄庭坚第一个说出来的,原话是:"粗茶淡饭饱即休,补破遮寒暖即休"。在生活讲究高品位的宋代,大文豪却把身心安放在"温饱"一层,自有"看黄庭有味,笑白发无闲"的清气。

后来有教育家说,俭养廉,奢养贪,粗茶淡饭传家久。

又有营养师说,粗茶富含茶多酚,淡饭富含碳水化合物,对健康有益。

如此说来,日常饮食还是粗茶淡饭好,这样的生活,粗中有趣、淡中有味。

有一日,在超市购得一款葱伴侣酱,可以算粗茶淡饭一类。

当时我是被那印在盒子上的诗行打动了的，回家尝过后，觉得这款酱真的不错，味鲜美，不偏咸，不偏甜，仿佛有儿时的味道。

诗句是这样的："一群勤劳朴实脚踏实地的酿味者/从原料到成品/秉持酿造健康的信念/传承千年酱文化/温古、知新/用心酿造每一盒葱伴侣酱。"

做酱人的诗直白晓畅，粗淡中见真性情。酿味的人在倡导"温古"，表示要向前辈学习，向传统学习，关键是选用原生态食材，采用作坊式工艺，让一盒平常的豆酱，为食用它的人送去美味、放心和称心，送上古老而时新的文化。

粗茶淡饭，平平常常，却也值得一餐一食地细品，日子反而过得有滋有味。

《七杯茶歌》

我和婆婆喝茶聊天,看老人家心情特好,竟忽发奇想,央求婆婆唱个如东小山歌。

婆婆今年八十有三,身体健朗,耳聪目明,记忆力超强,对南通长牌精算如神,家人、朋友、邻居几十个手机号她统统背得丝毫不差,即使小时候学的山歌小调,她也记得清清楚楚。

老太太看我要她唱歌,还有点不好意思的样子。但我婆婆脾气好、人大方,她心情大好,禁不住我三下两下这么一劝,也就半推半就地说:"那我就唱个《七杯茶歌》吧!"一边说着,一边从座位上缓缓地站了起来,清了清嗓子,爽爽朗朗地唱开了:

一杯茶,敬我的爹,儿去参军为国家,哆来哆嗦,哆来哆来,咪嗦咪来;

二杯茶,敬我的娘,儿去参军人人夸,哆来哆嗦,哆来哆来，咪嗦咪来；

　　三杯茶，敬我的妻，我去参军有荣誉，哆来哆嗦，哆来哆来，咪嗦咪来；

　　四杯茶，敬我的哥，我去参军多做活，哆来哆嗦，哆来哆来，咪嗦咪来；

　　五杯茶，敬我的嫂，我去参军妯娌好，哆来哆嗦，哆来哆来，咪嗦咪来；

　　六杯茶，敬我的弟，我去参军多学好，哆来哆嗦，哆来哆来，咪嗦咪来；

　　七杯茶，敬我的妹，我去参军你陪嫂，哆来哆嗦，哆来哆来，咪嗦咪来。

　　老太太用如东方言这么一唱，还真的地道、风趣、动人，甚至歌声和歌词把我拉回到六十年代，一阵莫名感动，眼眶竟有些湿润，又一阵惊喜：真是太棒了！太棒了！

　　歌曲很棒，简单上口，适合老百姓传唱，曲调很有如东地方小调的风格，也很有画面感。如东民谣《七杯茶歌》创作于何时、由谁创作，我不得而知，但听婆婆唱这《七杯茶歌》，我眼前自然地出现了一幅辞别的画面：

　　青年参军入伍临行前，端起茶杯给送别的爹娘、兄弟、姐妹、爱人一一敬茶。在这里，没有离愁别绪，没有儿女情长，只有激动、高兴、自豪！"一人参军全家光荣"，我将远行，去守边疆、保国防，敬一杯茶水，道一声珍重，以茶代酒相敬，请亲人放心!

这不就是如东的"非遗"吗?!我马上取来纸笔,记下歌词,竖起大拇指,大赞婆婆唱得好、记性好、有文化。

婆婆一脸谦和地说:"我连个字都不认得,还文化呢,说出来让人家笑话。不就是个如东小山歌嘛,我会唱的多了。"

婆婆还真来了兴致,看儿媳这么喜欢听她唱家乡小调,竟像小孩子似的乐不可支,自告奋勇又唱了两三支小山歌。我拍手拍得欢,老人家就唱得欢,这兴致上来了,挡都挡不住。她还考我:"我以前跟你说的谜,你还记得吗?"

我忽然有点蒙。一个谜?噢,想起来了,几年前我带老人家看戏回来的路上,她教了我一个谜语,跟戏有关的,她还教了不止一次。这个谜面用普通话背,就不是那个味,只有用如东土话说,才得原汁原味的真趣儿。多年习惯了普通话的语境,以至于乡土风的这一段儿,听过几回也没有记住。这下子可被老人家抓住了。

"妈妈,我记性太不好了,求你再唱一遍。这一次,我一定记下来,背下来。谢谢啊,再说一遍,再说一遍啦。"我只好撒个娇,央求婆婆。

老太太假装生气地瞪我一眼:"我只给你唱一次,你要记好啊。"

于是,老人唱,我记,记在纸上,也记在心里。谜面是这样的:

　　离地五尺是座楼,

> 文武百官在上头。
> 做官做吏真是假，
> 娶亲原配假婚媒。

慢声演唱的那一刻，老人家简直乐开了花。那个上午，我们婆媳俩玩得太有趣了。

因为喜欢喝茶，曾经有个朋友建议我读读唐代卢仝的《七碗茶诗》，并介绍说，这是最脍炙人口的咏茶诗。

这首诗写饮茶写得确实好："一碗喉吻润，二碗破孤闷。三碗搜枯肠，惟有文字五千卷。四碗发轻汗，平生不平事，尽向毛孔散。五碗肌骨清，六碗通仙灵。七碗吃不得也，惟觉两腋习习清风生。"有时，我一人独饮时会触景生情地吟诵几句。它写绝了品茶人饮茶瞬间的种种感受。

而今，再一次听到家乡小山歌《七杯茶歌》，看眼前八十老婆母演唱时的那份认真投入，不由得感慨万端。《七碗茶诗》与《七杯茶歌》，不管真的说茶，还是借茶说事，不管是民谣，还是诗词，都是质朴、自然、走心的好诗好歌，让人念念不忘、口口传唱，千古流传。

在我眼里，如东民谣《七杯茶歌》与《七碗茶诗》一样令人喜爱，民谣的作者与卢仝一样令人肃然起敬。当然，我更爱《七杯茶歌》。《七杯茶歌》歌词说的是亲人，讲的是亲情，简简单单的一首乡土歌谣，唱出了浓浓的家国之情。

那个年代，这首以方言土语编写的歌儿，一定很受乡亲们喜爱。那时的老百姓爱国胜过爱家,再加上一批有才华又接地气的质朴无华的民间文艺工作者的勤奋创作,像参军动员这样的大事,一支歌就如同春风化雨似的,把思想光辉播撒到老百姓心坎里。

  《七杯茶歌》唱的是家,唱的是国,唱的是爱和奉献。它唱出了平安幸福、万家团圆,唱出了普通老百姓的心声。时隔五六十年,能一字不差、有腔有调地唱这支如东小山歌的老太太,是我83岁的不怎么识字的老婆婆。这就是一支歌的力量。

两公婆的恩爱

我在广州见到粮食系统的老领导老朋友,别提多高兴了!他们虽退休多年却显得很精神,说话还是那么铿锵有力,笑声还是那样爽朗透亮。

他们几个老哥向我介绍家里情况时,老是在说"你家啥啥啥""他家啥啥啥"。起先我有点蒙,后来终于听清了,他们老说"两公婆"这个词。两公婆,好像是个口头语,按字面理解,应该指的是丈夫的爸爸和妈妈吧?

我向广东的同学和同事请教,他们说:"你理解得可不对。两公婆在我们这儿,就是'夫妻二人'的意思。应该是闽南、广东一带的方言,不是指公公和婆婆。"

这个称呼太有趣了。听老同志说"我们两公婆"时,那语气里有浓浓的亲情,有很幸福、很和美、很亲热的感觉。这个叫法是不是和北京人的"公母俩"差不多?

我去查了查资料。真的是不查不知道，一查吓一跳，原来"两公婆"竟是一种海洋动物呢。

夫妻相随的"两公婆"

"两公婆"这种海洋动物又叫"鲎"（hòu），是生活在海中的一种节肢动物，属于甲壳类，尾巴坚硬，形似蟹。它是3亿多年前就生活在地球上、与三叶虫一样古老的一类动物。

与它同时代的动物或者进化，或者灭绝，而唯独鲎存世至今，还一直保留着原始的样貌，它是真的活成了"活化石"。

这种古老的动物为什么会被比作两夫妻呢？原来雄鲎和雌鲎像如胶似漆如影随形的恩爱夫妻。鲎全身分为头胸、腹、尾三个部分。尾酷似一把三角刮刀，挥动自如，是鲎的防卫武器。鲎的嘴巴长在头胸的中间，嘴边有一对钳子似的小腿，帮助它摄取食物，嘴的周围长有10条腿。雌鲎的4条前腿上，长着4把钳子，而雄鲎却是4把钩子。原来雄鲎总是把钩子搭在雌鲎的背上，让雌鲎背着它四处旅行。所以，这种始终不离不弃、雄雌合一的鲎，就被古人形象地叫作夫妻鱼，后来渐渐地用来形容人间夫妻，称作"两公婆"。

鲎还是仿生"明星"。鲎有4只眼睛，头胸甲前端有0.5毫米的两只小眼睛，小眼睛对紫外光最敏感，说明这对眼睛只用来感知亮度。在鲎的头胸甲两侧有一对大复眼，每只眼睛是由若干只小眼睛组成。科学家发现鲎的复眼有一种侧抑制现象,也就是能使物体的图像更加清晰。这一原理被应用于电视和雷达系统中,提高了电视成像的清晰度和雷达的显示灵敏度。为此,这种亿万年默默无闻的古老动物一跃而成为近代仿生学中一颗引人瞩目的"明星"。

"两公婆"是天造地设,相亲相爱!"两公婆"是天荒地老,永不分离!

"公母俩"

我马上联想到老北京人常挂嘴边的"公母俩",也指夫妻一对儿。在过去,老北京看到夫妻二人在街上走,便会问:"你们小'公母俩'上哪儿去啊?"在发音时,"公母"两个字读得短而急促,绝对不能清楚地读成"公""母""俩"。公母,不就是雄和雌的俗称吗,听上去好像赤裸裸的,太动物性了。但听北京人用老北京腔说,还真不反感不别扭。如今北京人很少说"公母俩"了,代替的是"小两口儿"。

"妻夫俩"

我想起我老家如东的俗语来。我从小听惯了的是"妻夫俩"。

用江淮语系的土音说出来,除了音调有点沉降外,与普通话基本没什么区别。我老家口头语不是说"夫妻俩",而是叫"妻夫俩",是妻在前、夫在后,这就有点意思了。我们那个地方是宋朝以后经江海冲击成的陆地,慢慢地围海造田才成为内陆的,居住的大多是移民。难不成我们的祖先直接来自古老的母系氏族社会?经过那么漫长的封建社会,这个叫法显然不太符合传统。要不,就是1949年以后哪个乡贤率先叫开的?这个还得再研究。

闲有家

《周易·家人》卦的象辞、彖辞,散文诗般迷人,义理深邃质朴,揭示了家之奥义。恩爱和睦、幸福美满的家庭,才是人生旅途中温暖的驿站。

闲有家

志未变也

不忘初心,修养身心

齐家之风

偶读《人民日报》署名"永春"的文章《家庭和谐初探》，很受触动。"家庭和谐"是个大题目，关系到千家万户。家和，事可兴；家和，国才旺。文章用的是百姓语言，却说出了家国天下的深刻道理。而文章抛出的独家观点和独创理论，如"郎才女貌"示意图、夫妻关系"剪刀差"规律以及"夫妻恩爱、珍惜原配"等，话语不多道理深，读着倍觉亲切，深受教育。于是，我开始对"家"的话题感兴趣，研读《周易·家人》及相关象辞、彖辞。读着读着，一派远古原生态、淳厚素朴、其乐融融的大家庭生活景致，在佶屈聱牙的文字里变得鲜活、生动起来。周人由家庭推及江山社稷，高扬"以德配天"大旗，奠定了治国理政的伦理基石。古人的家规、家训、家风，还有生动而卓越的家教实践，蕴含着千古相承的优秀传统，对于生活在现代的我们而言也是不过时的。

胡道静先生于20世纪90年代说过这样的话:"作为炎、黄的后裔,不了解《周易》,未免坍台。所以,我们振兴中华,学习祖国优秀传统文化,就应当读一读《周易》。不仅如此,还有必要进一步深思探讨,不断地索求《周易》的潜微精理……"

郭沫若先生提醒说:"让《易经》自己来讲《易经》,揭去后人所加的一切神秘的衣裳,我们可以看出那是怎样的一个原始人在作裸体跳舞。"

我们的祖先谈家道,言简意赅。比如周人的治家之道,都体现在《周易》第三十七卦《家人》里。《易经》中有关"家人"的文字,据说是反映家庭关系的最古老的文献资料。《周易·家人》极为简短,标题二字:"家人"。卦辞三字:"利女贞"。先人极为重视家庭,认为修齐治平、制礼作乐的基础在家庭。家人日常生活要有秩序,家人言行举止要讲端正,这才能达到"正家"的目的,正家而天下定。所以,《周易·家人》对家庭家风做了明确而具体的规范:

> 初九,闲有家,悔亡。
> 六二,无攸遂,在中馈,贞吉。
> 九三,家人嗃嗃,悔厉,吉;妇子嘻嘻,终吝。
> 六四,富家,大吉。
> 九五,王假有家,勿恤,吉。
> 上九,有孚威如,终吉。

古人谈家的文字真是佶屈聱牙！我们只有以至为淳厚的态度，满怀一颗勇敢而虔诚的心，才能看出原始人"裸体跳舞"的不朽魅力。《周易》用43个字谈家人，加上标题和卦辞的两句话5个字，古人关涉"家"的至真至裸的内容，也只有48个字。这8句话48个字，蕴含着深邃的治家之道，一直影响了中华民族几千年。

家人各有责任，家人有什么样的行为就会给家庭带来什么样的后果。"闲有家""无攸遂，在中馈""家人嗃嗃，悔厉""妇子嘻嘻""富家""王假有家，勿恤""有孚威如"，这几句话，说的是家庭成员的行为。"悔亡""贞吉""终吝""大吉""吉""终吉"，这些话说的是后果。

孔子实是系统研究《周易》哲学第一人，也是深谙齐家之教的第一人。孔子观察《周易·家人》"离下巽上"卦象，研习"利女贞"之卦德及六爻之义，写了彖辞和象辞。《周易·家人》卦的彖辞、象辞，散文诗般迷人，文辞温暖隽永，义理深邃质朴，字字句句散发出修身齐家的智慧光芒。

从"风自火出"之象，窥见修身齐家之理

《周易·家人》卦，卦象"离下巽上"，离为火，巽为风，火燃于内，风生于外，外风而内火，互为表里。孔子观此象，由柴火堆的燃烧悟出内外相辅相成之理，写《象》曰：

> 风自火出,家人。君子以言有物而行有恒。

夫妇为家,好比一盆柴火,火使热气上升,内在的火燃烧而形成外部的风,即"风自火出"。火与风相遇,风凭火温得以燃烧,而火借风势得以蔓延。风与火相宜相生,火势持久旺盛,喻义"风火家人"。

风火家人,重点在于"风自火出"。离为火,代表家里有温暖,有德教;巽为风,代表家里的温暖和德教,通过风传送到外面。古人云:一门之内为家。外部的风,源自内在的火,家庭的风尚通过家人的言行传播出去,久而久之,这一家人的品质气质、操守德行便形成了具有独特风格的家风。

所谓家风,乃是形成于一门之内而外显于家庭之外的,内部至为重要。《毛诗序》说:"风,风也,教也。风以动之,教以化之。""上以风化下,下以风刺上,主文而谲谏,言之者无罪,闻之者足以戒,故曰风。"家长一直坚持善言正行,日积月累,德教化人,好的家风一旦养成,君子齐家必有所成。"风自火出",道尽"齐家重在修身,修身重在言行"的内在逻辑。

君子齐家,关键在于君子要"言有物而行有恒"。一是家里要有尊严之君。父母乃是一家之尊严之君,治家须由尊严之君执掌统帅。二是尊严之君须有明哲之德,言必有物、行必有恒,即使日常居家,也要诚意正心、以身作则、谨言慎行。三是以自己的言行昭示家人、感化家人、教育家人。

从"利女贞"卦辞，窥见天地之大义

《周礼》注："有夫有妇，然后为家。"夫妇为家乃天造地设。夫妇之象，莫美乎斯！孔子从古人"利女贞"的治家之道中，窥见了天地大义，因而撰写《彖》曰：

> 家人，女正位乎内，男正位乎外。男女正，天地之大义也。家人有严君焉，父母之谓也。父父，子子，兄兄，弟弟，夫夫，妇妇，而家道正。正家，而天下定矣。

金景芳先生和吕绍纲先生赞美《彖》辞说："男女正，其余诸关系皆正……治国平天下由家正开始，这种思想与'个体家庭是文明社会的细胞形态'的现代观念是可以接通的。"还说："《周易》认为男女关系就是天地关系，天地关系就是天尊地卑。男女正，正就正在男尊女卑上。卦中代表男子的九五在上在外，代表女子的六二在下在内，恰是男尊女卑之象。"

这里的"男尊女卑"一词，出自《周易·系辞上》，原文是："天尊地卑，乾坤定矣。卑高以陈，贵贱位矣……乾道成男，坤道成女。"意思是"崇效天，卑法地"，男女夫妇要效法天地自然秩序，无论处于何种境地，都能坚守自己的道德，并因此获得应有的地位和尊严。这里的"尊"，不能理解为"崇高"；"卑"，不能理解为"下贱"。郭沫若先生在《中国古代社会研究》中也曾这样解读《周易》的卦爻："全体六十四卦，三百八十四爻。卦有卦辞，爻有爻辞，合乾卦的用九，坤卦的用六，一共有四百五十项文句。这些文句……大抵是一些现实社会的生活。"九五的"尊"位和六二的"卑"位，实指处于"乾"与"坤"的"境地"，并非后世所歪解和误读的"尊贵"与"下贱"的意思。关于男女夫妇平等的认知，人们可能曲解了周孔几千年。

按《彖》所言，夫妇为家，男女分工合作，各守其分，相得成用、相交成器，这是生命各安其位、各随其性的表现，符合天地之大义。君子齐家要讲贞正，该用乾时守乾道，该用坤时守坤道，家庭秩序顺，男女关系正，才是顺应天道。"夫妻之道，各安其位"重在强调男女正，家有尊严之君重在强调家道正。家道正，全家秩序就顺。各自居中得正，家庭自然吉祥和顺。

《周易》辟专卦谈家庭，并说"利女贞"，这里含有远古时代特点。《周易》推演的殷商时代，女人无论在社会还是在家庭，地位都非常高，拥有独立的个人财产与独立人格。比如妇好，她是武丁的王后、国家的重臣，也是一方诸侯国之王。读《史记》便知，妇好具有超凡才干。她为武丁生养子女，管理自己的封地，主持国家的重要祭祀；她还征战四方，是个骁勇善战、战无不克的"女战神"。在祭祀和征战这两件最重要的国家大事上，妇好都是举足轻重的。再看周王室。太姜、太任、太姒——后世称为"周朝三太"，她们不仅是贤妻良母，更是丈夫的同盟、战友和谋臣。她们母仪天下、贤德无比，辅佐和教化了周文王、周武王、周公。周朝八百年基业的背后有她们杰出的贡献。因此，孔子说："昔三代明王之政，必敬其妻子也，有道。"他认为"敬妻"符合天地道义。

孔子推崇"利女贞",不仅因为他看到古时家庭那种夫妇平等、互敬互爱、齐家治国的伟大实践,还因为身处礼崩乐坏的时代,他更强调秩序。孔子晚年喜《易》、赞《易》、传《易》,旨在复礼和重建秩序,因此呼吁"家人,女正位乎内,男正位乎外。男女正,天地之大义也"。

读这段彖文,不必纠结于"女正位乎内,男正位乎外"这样的字眼。上古时代人类征服自然的方式,决定了那时的男女分工。如今人类征服自然的方式大大改变,现代核心小家庭也有别于三千年前的宗法式大家庭,夫妇分工方式当然也与时俱进了。读《周易·家人》,重点是学习祖先留下的治家之道,那些宝贵的治家思想和治家智慧是永不过时的。

从"初九"到"上九"的变化,窥见君子齐家的生动实践

《周易·家人》谈家,内容仅43字,极简的文字里,既有生动迷人的画面,又有嬉笑怒骂的声音。这篇简短的文字,把家人们在日常生活中的言谈举止、行为态度对家庭吉凶可能造成的影响,描写得精彩绝伦、入木三分。从初九到上九,共有"悔亡""贞吉""终吝""大吉""吉""终吉"6种不同结果。按吉凶程度排列可以发现,君子齐家与日常行为存在着密不可分的因果关系。

富家——大吉。

"无攸遂,在中馈"——贞吉。

"家人嗃嗃,悔厉";"王假有家,勿恤"——吉。

"有孚威如"——终吉。

"闲有家"——悔亡。

"妇子嘻嘻"——终吝。

《家人》爻辞,文字佶屈聱牙、艰涩难懂,文意"词韵皆古、奥雅难通",其中"闲、遂、假、孚"等字,千百年来考证、辨析、释义者不计其数,众说纷纭。即使处于同一时代的人,证字、译注、解释也常常相差十万八千里。好在有一点是共通的,大家都认为《周易》说的是现实生活,那些事例是生动、鲜活、亲切自然的。

闲有家

读《周易·家人》，要攻几道古文字关。"闲"字，第一关。古人说家庭为什么把"闲有家"放在第一位？"闲"字如何释读？"闲有家"对现代人有没有意义？这一关困扰了我好长时间。

朱自清先生说得一点都没错，读经典还是要从"小学"开始，从《说文解字》开始。关于"闲"字，《说文解字》是这样讲的："闲，阑也。从门中有木。"《说文解字》又说："阑，门遮也。"引申为栏杆。清代段玉裁《说文解字注》讲得最全："阑也。引申为防闲。古多借为清闲字。又借为娴习字。从门中有木。"

从"闲"的字源看，金文"門"（房门）加"木"（木屏），表示遮挡房门视线的木屏。"闲"字作名词，造字本义是：古代王公贵族立在房门与卧床之间、遮挡房门视线、保护卧室隐私的木屏。篆文承续金文字形，"木"进到了"門"里。隶书将篆文字形中古写的门头写成简体门头，最终变成今日的简体"闲"

字。古籍中,时有假借用法,"闲"合并代替字形相近、读音相同的"閒"。从《说文解字》到清《说文解字》段注,都体现了"闲"字"遮隔"与"区分"的本义。

具体到《周易·家人》"闲有家"一句,学者们对"闲"的释义有很多种。高亨先生《周易大传今注》解释为:"闲,防也……闲其家,如筑垣楗户以防盗贼,曲突徙薪以防火灾,男女有别以防淫乱等是。"李镜池先生《周易通义》解释为:"闲,赋闲。在家里闲着。"黄寿祺、张善文的《周易译注》解释为:"闲,防也,指防止邪恶……家道初立,宜于严防邪辟,才能保有其家而'悔之'。"金景芳、吕绍纲先生《周易全解》解释为:"闲,防闲,如畜养牛羊以栅栏,不使跑掉。"

总而言之,"闲"有如下释义:

一、"闲"字本义,作名词,从门里有木。一是立在房门与卧床之间的木屏,引申为栏杆、栅栏;二是门闩,横插在门后使门推不开的棍子。

二、"闲"字引申义,作动词,从防闲。一是遮挡、遮蔽、阻拦的意思;二是防范、防备、防御的意思。《广韵·山韵》说,"闲,防也,御也,法也";三是隐藏的意思,《太玄·闲》说:"闲其藏,固珍宝。"

三、"闲"字假借"閒"字,作形容词,表示"清闲"的意思。本义"空隙",引申为"有空、没在使用"的状态。

四、"闲"字假借"娴"字,作动词,表示熟练、熟习、通晓的意思。黄现璠著《古书解读初探:黄现璠学术论文选》说:

"'娴'通'闲',《战国策·燕策二》:闲于兵甲,习于战攻。"这里的闲即"娴"义。

在我看来,"闲"对于家庭的形成、运转以及家风的养成功莫大焉。

闲有家——家门的防范。或是二人世界的温馨,或是老婆孩子热炕头的小日子,或是四世同堂式的大家庭生活,关上门,插上门闩,门里就是家。一把门闩,把家庭从社会中提取出来,成为独立的单元、独立的系统,门里门外自有分别。闩好,防闲,止于门户。先人们经历漫长的生存探索和难以想象的艰辛实践,终于"创造"出家庭。恩格斯在《家庭、私有制和国家的起源》中指出,一夫一妻制家庭的产生和最后胜利乃是文明时代开始的标志之一。它不是从天而降,不是神造,也不是传说,它是历史的突破、人类的进步。野蛮时代结束了,一夫一妻制开启了,关起家门,止闲于门,门内是夫妇安居乐业的家。

闲有家——门庭内的秩序。家有秩序,器物再多,也能井井有条;家有秩序,家人再多,也能长幼有序,彬彬有礼。乱了秩序,即使三两件物品,也会乱作一团;乱了秩序,即使二人世界,也会鸡飞狗跳。闲有家,追求的是一个秩序井然的家。古人一个"闲"字,告诫家人家室之内要防闲,家庭成员各有所守不越界,不乱规矩有分寸,别于闲,序于闲,懂法度,守界限。好比在房门与卧床之间竖立一道木屏:闲有家,止于阑。《周易正义》疏曰:"治家之道,在初即须严正,立法防闲。"此言最是精辟。

闲有家——心灵的防闲。孔子讲"闲有家，志未变也"，是有关情志的防闲。第一，要"闲"其心。犹如立木为栅，豢养牛马，安育不让其狂奔，"君子以言有物而行有恒"，不为物役，不为情动。成家重在防闲，身心重在恒一。所以应谨言慎行，防微杜渐，淡泊明志，修身养性。第二，要"闲"其神。在《周易·家人》里，"闲有家"是第一句，处于初九位。家道初立，当发扬"终日乾乾，夕惕若厉"的精神，发扬自强不息的精神，自御以寡欲，自御以会神。第三，要"闲"其志。从"明夷"到"家人"，人生经历苦痛后，回归家庭，关门静养，尝到温暖，但不可坠青云之志。所谓天地之气有升降，君子之道有行藏，理想还在，追求还在，"志未变也"最可贵。韬光养晦、不忘初心，为的是积蓄力量再出发。

从修身齐家的儒家思想角度读"闲有家"，意思就贯通了：正家，先正身；正身，先正心；正心，须防闲。整齐夫妇，正身二人，是为齐家。孔子的"志未变也"，犹如明灯高照。青年男女成家立业，小家庭注意防范风险，抓早抓小，是为闲有家；小家庭内部，夫妇相敬如宾，家人有礼有节，是为闲有家；夫妇相互提醒、彼此督促，是为闲有家；夫妇二人胸怀理想，不忘初心，谨言慎行，修养身心，是为闲有家。古人的治家智慧，永不过时。

"闲有家"，圣教也。

教子婴孩

闲,"门"里有"木",就是门闩,横插在门后使门推不开的木棍子。农村的老家现在还用,几乎家家户户的门都有门闩。这根横木不但可以防止外人进来,还可以当武器用,当打开门发现来者心怀恶意时,可以用这根横木进行自卫。

从门闩引申到人,也是一个道理。闲有家,就是家庭要把防范和戒备的事情放在第一位。

这让我想起了小时候。父亲每天临睡前,都要让我们在家里家外仔细地转一圈、过一遍,看看猪圈门、鸡窝门、灰堆、灶膛等等,都收拾妥当了,才放心睡觉。冬天,如果忘了关猪圈的草帘门,猪就会被冻病;要是忘了关鸡窝门,黄鼠狼就会溜进去吃鸡;灰堆的火星不用水浇灭,半夜里可能会死灰复燃,着起火来……最后一件事,关好大门,把闩子闩好。如果不把这些事情做好,后果往往是很严重的。现在想想,小时候觉得很麻烦很啰唆的事，对于一个人家来说，原来都是很大的事。

千古以前的老祖宗也好，我们的父辈也好，治家的道理落到家务上，都是从关好院门、以防小孩子跑出去坏人溜进来这类琐细事情开始的。

家庭最重要的功能之一是养育孩子。闲有家，在养育孩子上，也就是要把培养好孩子、让他走正道的事情放在第一位。家人记得把门插好，让人忧悔的事就没有了；把孩子管教好，让人提心吊胆的事就会远离了。

对每一个家庭而言，孩子都如日出之阳，代表希望和未来。但古人不说这些高深的道理，古人认为，家庭管教孩子是"闲有家，悔亡"。

一个家庭，要把对孩子的教育从小抓在手上，防患于未然、防恶于未萌，不可松懈，不可疏忽，这是第一重要的大事。"闲有家，志未变也。"对小孩子的教育，要抢在孩子心志尚未定型前，于童蒙之初，家长要从被动防范转向主动作为，对孩子进行"养正"的教育。

家庭是孩子的人生第一课堂，父母是孩子的第一人生导师。子不教，父之过。子女教育养正，父辈才没有过错。对小孩子，要管束好他，不仅要养育，更要教育。家长要及早防范，防范什么？防范他做非道之事。孩子只要做得不对，家长要及早纠正，严格端正。

古人说："蒙以养正，圣功也。"意思是说，从童年开始，就要施以正确的教育；童稚蒙昧之时，就要导向正道。这就是造就圣贤的伟大功业！治家之初，就该家道严正，抓早抓小，端正一生心安定。

社会主义核心价值观倡导的"爱国、敬业、诚信、友善"，里边包含着"爱国"的赤诚之爱、"敬业"的纯净之爱、"诚信"的慈悲之爱、"友善"的宽厚之爱。这些心性和品质，都是要在家庭中靠父母家人从小培养而成的。

"教子婴孩"可以从以下四点入手，以端直其心。一是教育小孩爱家人。学会和家人处理好关系，学会爱家人，长大后，他才能和他人处理好关系，才能爱他人，才能爱国家。二是教育小孩服从家庭管理，学会承担家务，做好分内的事情。长大后，他才能服从他人的管理，才能尊重他人，才能敬业爱岗。三是教育小孩真诚对待家人。要孩子讲真话，守信用，不撒谎，不推责。长大后，他才能做人诚信，做事守信，成为一个诚实守信有担当的人。四是教育小孩宽容家人。要让孩子学会宽容，与人为善，从小培养慈悲之心。在二孩的家庭，教育孩子的宽容之心尤为重要。一个宽厚慈爱的人家培养出来的孩子，长大后，他就会积善修德，就能宽待他人，对人友善。

现实生活中，家风、家道、家教出现了断层现象，养正教育、启蒙教育、家道治理好像与古圣先贤和新时代的价值观相去甚远。我见过很多的家庭，每个大人恨不得把世界上最好吃、最好喝、最好看、最好玩的享受都给小孩子。他们可能真的不知道什么才是爱的教育，也不一定认识到好逸恶劳、骄奢放纵会带来多大的坏处。

端正心性这堂课是需要父母和孩子一起学的。我们中华民族具有非常优秀的文化传统，老祖宗是教育专家，他们留下的读本，如《论语》《三字经》《千字文》《弟子规》《朱子家训》《颜氏家训》《中庸》《大学》《孟子》等，足以让父子们、母子们得到双重的启蒙，而孩子们童年的善根将会影响他们一生。几千年凝结的文明之花，必将在家长和孩子们身上同时绽放！

我的家乡如皋，有一位闻名中外的母亲，她叫王淑贞。她一生养育13个子女，13个子女都获得博士学位。她是一位普通的美籍华裔母亲，美国总统克林顿和布什称她为"伟大的母亲"。有"当代神探"美誉的李昌钰先生就是她的儿子。王淑贞52岁守寡，独自把子女抚养成人。她对子女要求非常严格，近乎苛刻。她教育孩子说得最多的话就是：待人要好，做事要专心，少说话，多做事。这些叮嘱，可看作是传递了正确价值观的家庭语言。

我小时候既爱我娘又怕我娘。每回我做错了事，母亲先是一顿痛打。她一边打，一边自己还直哭。一边哭着，一边大声说："桑树条儿要趁早握，棒打才能出孝子。我现在不管你，将来连我都要挨人骂。"现在读到古人的话我才明白，一个普通的农家妇女也能明白"闲有家，志未变"的育儿道理。

全职太太家庭、老龄化家庭、离异单亲家庭、高官巨富家庭、山区农村家庭、跨国跨境家庭……越来越多，这些各不相同的家庭，谁在负责古人所说的"闲有家"那样的事？谁在帮助小孩"扣好人生的第一粒扣子"？

家有贤妻

《周易·家人》卦的六二爻"无攸遂,在中馈"描画了一个生动的场景:

家中主妇操持家事,煮茶做饭,洒扫庭除;屋顶炊烟袅袅,厨房飘出饭菜香;家里清清爽爽、窗明几净,所有的事情都安排得顺顺当当、妥妥帖帖;这个人家的当家主妇脾气好,人端正,有耐性;一家人相亲相爱,各得其所,其乐融融。古人得出的结论是:看上去,这是吉祥之家的气象。

《周易·家人》讲的是治家之道,讲的是家庭的家风、家教问题。六二卦辞曰:"无攸遂,在中馈,贞吉。"这是讲家庭主妇"正位乎内"的。孔子《象》辞曰:"六二之吉,顺以巽也。"

贤妻好在识大体

怎样做才能让家成为温暖而安全的港湾,关键在于主妇。

在《家人》卦描述的场景中,小孩需要母亲照顾和培养,端直其心;一家之主在外面打拼很辛苦,担子很重、压力很大,需要妻子的温暖、关心和支持。这位贤妻照顾家庭,为丈夫分忧,承担起"女正位乎内"的主体责任。她识大体,顾大局,顺应时势,正直能干,正位于家,家道吉祥。

孔子盛赞这样的做法,作《象》辞说:这幅画面真美啊!美就美在主妇懂得与时迁移、应物变化的道理,懂得顺势而为。孔子赞美周人的治家之道,并由家庭之道引申到治国理政之大道,认为主妇得位中正,家庭和事业才能双赢。这个人家的幸福吉祥之象,归功于主妇的深明大义,她懂得顺应时势、顺势而为的人生道理。

贤妻好在会持家

我喜欢会做饭的女人,这是从远古传下来的手艺。博物馆描述猿人生活的图画,都绘着腰间绑着兽皮的女人,低垂着乳房,拨弄篝火,准备食物。可见烹饪对于女子,先于时装和一切其他行业。汤不一定鲜美,却要热;饼不一定酥软,却要圆。无论从爱自己还是爱他人的角度想,"食"都是一件大事。一个不爱做饭的女人,像风干的葡萄干,可能更甜,却失了珠圆玉润的本相。

当年读毕淑敏这段话时很感动,女作家对生活爱得细腻深切。如今读《周易·家人》,知道女人下厨为家人做饭烹茶,这是为家庭造福的事。一日三餐料理好,平常的日子过得好,一家人舒舒服服、健健康康的就是福。古人以做饭打比方,想表达的是一个治家的道理:主妇要做好主妇的事,尽到女主人的本分,精打细算,持家有方,家人就有幸福感。主妇煮饭这么重要,我这回下定决心学厨艺,要从只会清水煮菜烫肉蘸酱油的对付模式,调整为会煲汤、会白灼、会熬养生粥的升级版,让自己不再是一颗"风干的葡萄"。

现在很多家庭的生活,早已不是三千年前农耕时代的样子了。时代变迁,三千年前宗法社会的大家族制早已演变成核心小家庭了,但正家与齐家的基本道理是不会变的。主妇持家有道,家庭就会和谐。

如今女人也要工作,也有自己的事业,所以,双职工的家庭过得很是吃力。生一个小孩的,整天累得够呛,即使有老人帮忙,每天也跟打仗似的。生两个小孩的,即使女人回家当了全职妈妈,也忙成一地鸡毛。他们持家、带娃的能力不入上一代人的眼:这代人在家里老是埋头刷手机、打游戏、煲剧什么的,带娃和管家特别不行!但年轻夫妻有些不服气,他们申辩说:如今我们的"非工作时间"是模糊不清的,你下班回家正陪孩子呢,手机一响,召唤你投入工作，能不心烦意乱吗？确实，时代真的不同了！

治家之道是应与时俱进的。网络时代，女人持家不一定事必躬亲，重点在于统筹管理。比如做饭、洗衣、擦地这样的事，不想亲力亲为时，可以找家政搞定。《参考消息》上曾有一篇报道说，新华社推出了"全球首个AI合成女主播"，名叫新小萌，据说它栩栩如生，就跟真人一样。也许专家们很快会开发出专门料理家务的AI主妇。那样，智能化时代的家庭主妇们就可以开启新时代的智能持家新模式。

贤妻好在端得正

古人认为，家庭吉祥因为做主妇的"顺以巽"：女主人敦厚端正、谦逊和顺、外柔内刚，这对一个家来说就是平安和吉祥。所以，农业社会的文明以一所房子和一个女人造了一个美丽的汉字："安"。建了房子，娶了女人，男人就可安居乐业了。

因为端正又敦厚，贤妻会有避免三姑六婆闲言闲语的能力，会有阻止邪门歪道的定力，她还有让人迷途知返的智力。因为温柔和顺，贤妻对家里的烦心事自有沟通化解息事宁人的本事，精算计，巧安排，能把家庭内部治理得安稳妥当。主妇一心为家，凡事都考虑到家人的福祉，所以，她能与丈夫配合默契，同心同德，当个贤内助。夫妻各自居中得正，家庭自然吉庆有余。

家有贤妻，于家吉祥。

吉祥之家的声音

《周易》难读难懂，但我只盯紧八个字："自强不息，厚德载物。"在我眼里，镶嵌在《周易》中每一处的人生故事，无不散发出修身养性、齐家安邦的哲学光芒。当思想与先贤神遇时，那些外挂出来的图像还有神秘的外衣，就不见了。

九三：家人嗃嗃，悔厉，吉；妇子嘻嘻，终吝。

《象》曰："家人嗃嗃"，未失也；"妇子嘻嘻"，失家节也。

读着这段话，好像听见各种声音从字里行间蹦了出来，"嗃嗃""嘻嘻"。这是什么声音？感觉好奇怪，而且两种声音竟出现两种结果："吉"和"吝"。

这句话，一万个人有一万种解读，权威的注解和说法也有许多种。偶翻中华书局新出的《周易》注解，关于这句话，它是这样解释的：

嗃嗃，发［hè hè］声，表示严厉、严酷的样子。
嘻嘻，发［xī xī］声，表示欢笑喜悦的样子。

一家人相处，一家之主表现出严酷的样子以治其家，虽有悔恨、危险之事，最终仍然会得到吉祥。妇人、子女在一起嘻嘻闹闹，最终则有灾难。《象传》说："家人相处表现出严酷的样子"，这样家人才不会有过失；"妇人、子女在一起嘻嘻闹闹"，这说明失去了家人的礼节。

耐人寻味的声音

这句话若反复咀嚼、玩味，你会在某一个时刻心领神会。

"家人嗃嗃，悔厉，吉。""家人"：亲属、近亲和家族的人，说的是一个大家庭、大家族的人。"嗃嗃"：一是代表家长的声音。男主人暴怒了，大发雷霆，劈头盖脸地严厉训斥亲属，丝毫不讲情面。一是代表家人们时有不满的怨声。"悔厉"：男主人一方面行悔而志厉，以朝乾夕惕之训自我勉励，严格修身，振奋精神，自强不息；一方面继续严管家人，继续严肃家风。"吉"，这是吉利的、吉庆的、吉祥的事情啊。

"妇子嘻嘻，终吝。""妇子"：妻子、孩子、亲属、族人，古时一个部族的人。"嘻嘻"：男主人严家规、正家道、整肃家风，招致家里人反感，一个个有意见，私下里叽叽咕咕，大家庭里充满怨嗟之声、诅咒之声。男主人一放松节制管束，家里的人就慢慢变得放肆、口无遮拦，亲属也跟着说三道四，乱发议论。有时，家里人随便一句话，传到外边就成了大事件。"终吝"：家里人吵吵嚷嚷，后果很严重。如果不严加管教，任凭一家老小自由散漫、胡作非为，就会贻害无穷，家庭终将深陷麻烦和艰难。

和声美丽又吉祥

《易经》中，吉凶程度分九等：吉、亨、利、无咎、悔、吝、厉、咎、凶。"家人嗃嗃，悔厉，吉；妇子嘻嘻，终吝"。"嗃嗃"，吉；"嘻嘻"，吝。也就是说，这家人的"嗃嗃"之声，纵有很多的不如意，但它是吉祥的。这家人的"嘻嘻"之声，听起来也没有那么刺耳，但终归是有害的。听声音判定家庭是否和谐、家道是否端正、家节是否保全，这可是古人的伟大发明！

发出"嗃嗃"声的，表明这是节"未失"的家庭。治家严厉，总会和声多于怨声。治家有道，一家人享受温馨、舒适、安宁的居家时光，也享受柴米油盐酱醋茶的生活交响。有欢声，也有笑语，时而会传来优美的琴声、琅琅的读书声，还有父母教训孩子的声音和小夫妻老夫妻偶尔拌嘴的声音。家人们如果能够换位思考、团结一心,怨声终会变成和声。"嗝嗝"之声,象征一家之长修身有为、齐家有道,是个积善之家,声音呈现的是家门吉利之象。

发出"嘻嘻"声的,表明这是已经"失家节"的家庭。家里的大人没有做到敬诚友善、和乐门庭、缄默自贞,小孩子受到百般娇宠,贪图享乐,不思进取。家风坏了,管得太松了,没大没小了,人心涣散了。管家不严多杂音。比如三天一小吵、七天一大吵那种吵吵嚷嚷的声音;吵急了,你摔瓶子我摔罐子,整天叮叮咣咣、让人提心吊胆的声音;还有家族里长舌妇似的满嘴跑火车、飞短流长、造谣生事、拨弄是非的声音。"嘻嘻"之声,象征一家之长治家失道,一个家庭的人不修口德,不讲自律,不守家风,是个积不善之家,声音呈现的是家门衰败之象。

我想,一家之主管理家庭,谨立言,慎出语,严格修身,家是吉祥的;安其位,守其正,不偏激,不极端,一碗水端平,家是吉祥的;宁静门庭,严管家人,多唱和声,消减杂音,家是吉祥的。

富家大吉

《周易·家人》卦,讲述了治家的艰难与在困境中求生存求发展的非凡智慧,家庭崛起的奇迹就这样发生了。

六四:富家,大吉。
《象》曰:"富家大吉",顺在位也。

富 家

储富。厚家底靠的是点滴积攒。家人勤奋劳动、勤俭持家,依靠一点一滴的储蓄积累,家底殷实了,有点富裕人家的样子了。

积富。家人肯吃苦、有作为,开始受到器重,一步步被委以重任,学业和事业开始进入发展快车道。

增富。好家风靠的是长期修治。家人正直善良、诚实守信，为人处世公正大方，家里家外都很融洽，人们都愿意与这家人交往，家庭的好名声传开了。

大　吉

积富于家，家有大吉。家底充实、家道中兴、家风养成，这对一个家庭和家族是大吉大利的。

积善之家有余庆。家教严，家风正，经济上有回报，事业上有长进，家庭名声越来越响，美誉度越来越高，还会让这个家的子孙受益无穷。这就是小康之家的幸福景象！

《周易》里384种人生状态，呈现"吉"的不多。关于"吉"的用语有"元吉""大吉""吉"，"大吉"是非常难得的。富家大吉来之不易，需要夫妇二人能守家、会持家、善治家。

孔子看到这个景象很高兴。他大发感慨："顺在位也！"意思是会储富、积富、增富，这是吉利祥瑞的家庭，因为他们明白顺应家道、各安其位的道理啊！

为什么会富家？原因是"顺在位"。古人治家成功的核心经验就是家道正。男主外，女主内，各司其职，各负其责，这就做到了正家。夫妻关系摆得正，家里秩序就顺，家庭自然吉庆有余。由一个家庭扩大到一个家族、一个国家，都是这个道理。

顺在位，就是明确主妇管家，赋予她职和权，男人只指导、不干涉、不添乱。主妇出师有名，有位子，就会有作为。这个人家的主妇嫁过来后，抓了三件大事：

第一，"闲有家"，关好家门，防范风险，保护家宅平安。亲力亲为教养孩子，让孩子从小端正品行、规矩做人。严格管教孩子，防止他学坏走歪。

第二，"主中馈"，精心照顾一家老小的饮食起居。细水长流巧安排、精打细算攒家财，勤以持家，俭以富家。为儿女受更好的教育、为老人有更好的赡养、为男人开创新的事业积累了必要的本钱。

第三，"嗃嗃"治家，夫妻同心整肃家风。因为端正、敦厚、严格，她能有效制止三姑六婆的闲言碎语，迅速化解家庭矛盾，防止滋生歪风邪气，还能让家族的糊涂人迷途知返。主妇扶持男人，又不忘提醒敲打男人，当好贤内助。夫妻恩爱，家道就端正。家庭和谐，人心就凝聚。如是便能兄弟姐妹友爱，家人守望相助。

夫妻同心同德、配合默契，为家人做出榜样，形成了良好家风。家风端正，所以家道中兴、经济富裕、事业成功，家庭建设进入良性循环。这是德善治家的结果，也是千古传承的客观规律。周朝从后稷、公刘、太王、王季、文王修德积功，周族"三太"相夫教子、持家有方，夫妻和合，家族一心，终于推翻殷商夺取天下，子孙后代统治国家八百年。那些旁系亲族们也成了天下的望族，分封的诸侯遍及海内。留给子孙后代高尚的品德、廉洁的品质和俭朴的作风,这才是最好的"富"家!

富家,大吉,来之不易!管理内务的人,都要像主妇一样,能守家、会持家、善治家。

交相爱

女有家

新婚夫妻的感情,如春树发芽、夏禾怒长。而中年夫妻的感情,就像树上结的果。夫妻越是恩爱,果实越是饱满香甜。古时,周王室治家之道以女人为主,丈夫敬妻,妻子贤淑,夫妻恩爱,家道兴盛。如果对周人的家庭观有了解,那么,读《周易·家人》的这句话就好懂多了。

九五:王假有家,勿恤,吉。

《象》曰:"王假有家",交相爱也。

男人娶妻乃为"成家",女人嫁夫乃为"有家"。《左传》言:"女有家,男有室。室家,谓夫妇也。"《诗经·周南·桃夭》里有"之子于归，宜其室家""之子于归，宜其家室""之子于归，宜其家人"的诗句，说的是男人"像看护孩子一样小心翼翼地护着女子，两人相伴回家。这个姑娘嫁过门啊，定使家庭和顺又美满、家庭融洽又欢喜、夫妻和乐共白头"。《周易》与《诗经》的创作年代与今天相距几千年，但这两部经典同属先秦时代，都与周王室有渊源。《家人》卦卦辞的"有家"与《诗经·周南·桃夭》的"之子于归"应当属于极为一致的话语体系，可以理解为"女子嫁夫"。

《家人》卦的中心话题是夫妇，主题词却是"利女贞"，这里潜藏着一个神秘的逻辑关系。主妇"闲有家"，家庭平安有保障；丈夫"王假有家"，家庭幸福无忧患。"有家"是古人眼里最符合"利女贞"意境的。"有家"，女人便能做到"无攸遂"；"有家"，女人可使"家人嗃嗃"得吉；"有家"，女人能"富家""勿恤"，使家得大吉。"王假有家"里的"有家"，如果放在现实，可以看作周族的三代主妇：太王的夫人太姜、王季的夫人太任和文王的夫人太姒。

周文王夫妇是如何做的？文王秉承"女正位乎内，男正位乎外"的治家传统，自从迎娶太姒后，他无比信任和尊重妻子，家内的事全权交由太姒处理。而太姒自嫁到周家后，一直以婆母和太婆为榜样，温柔敦厚，勤俭持家，是个贤妻良母。对太姒的持家辛劳和治家智慧，文王无比欣赏和敬重。太姒把家里的事处理得妥妥当当的，一家人安安稳稳的。因为有这样一位"内当家"，文王在外开疆拓土，不用担心家里，不会为家庭琐事和纠缠不清的家事而心生忧虑。丈夫没有后顾之忧，这就是吉祥。

王假有家，交相爱

之所以能"王假有家"，从小家来看，是"夫妇得正"而能互相爱慕。此情推及国家，则全体国人都能互相爱护，整个国家就像一个安定的大家庭。

为什么能齐家？因为家正；家正，是因为夫妻正。为什么夫妻正？因为丈夫与妻子相亲相爱，平等互敬。

读《周易·家人》，我没有读出男尊女卑的味道。相反，我看到了远古时代女性的崇高和活跃，还有男人对女人由衷的赞美与推崇。周人推演《周易》的时代，女人无论是在社会上，还是在家庭里，地位都是非常高的，或许那时还保留着母系社会传统的烙印。

据史料记载，商代女性扮演着重要的社会角色，在政治、经济、文化、军事等各领域，都可以担当后世男性才能充任的职位，具有很高的社会地位。这些活跃于商代政治舞台上的妇女们，不仅仅是男性的配偶，更是商王国的封君、战将与臣僚。鼎鼎有名的妇好，她是商王武丁的王后、国家的重臣，也是一方诸侯国之王。她是一位仪态雍容华贵的女子，她为王夫武丁生养子女，也管理自己的分封领地；她主持国家的重要祭祀，并且征战各方，骁勇善战。她既是品位超凡的收藏家，又是一个战无不胜的"女战神"。妇好在祭祀和征战这两件最重要的国家大事上，都是举足轻重的。

王假有家，讲出了家庭的王者之道。

孔子谈"敬妻"时说道:"昔三代明王,必敬妻子也,盖有道焉。妻也者,亲之主也;子也者,亲之后也。"意思是说:夏、商、周三代圣明的君主治理政事,必定敬重他们的妻与子,这是有道理的。因为妻乃家内之主,子乃祖先之后。从自身、孩子、妻子这三点联系到君主,君主要是能做到这三点,德政就会遍及天下了。假如所有夫妻相亲相爱、平等互敬,家庭就和谐,天下就安定。从"王假有家,交相爱也"到"敬妻",儒家伦理由家事而推及公事和政治,由家庭而推及国家和天下,阐述的正是王者之道。丈夫行事端正,对妻子有敬有爱,懂得体谅她、欣赏她、倚重她、感恩她,他就一定具备了王者风范啊!

"简"的境界

多年工作和日常生活中,我认识的不少领导和同事,都可称得上是用"简"高手。

那些谈话、发言、报告,甚至主持语、祝酒词,还有他们修改过的"花脸稿",简洁、简约、简明,各有其美,各有其妙,总是散发出简雅的魅力。

我也曾偷学。比如读一本书,初读,从简单到复杂;再读,从复杂到简单。读熟后,只剩一个纲,达到了"简"。可很多年、很多时候,我都没能悟到"简"的深意。

最近读到古人涉及"简"的言论,心情竟像花儿盛开一样,又轻松又欢喜。

"易简"的道理

《周易·系辞》曰:"乾以易知,坤以简能。""乾"的特性就是容易了解,"坤"的特性就是简便易行。

"易则易知,简则易从。"容易就能够使人知晓理解,简便就能够使人易于遵守。

"易知则有亲,易从则有功。"容易了解就会愿意亲近,容易遵从就会产生功效。

"有亲则可久,有功则可大。"愿意亲近相处就会长久,产生功效事业就会广大。

"可久则贤人之德,可大则贤人之业。"能够长久相处、获得民心,贤人就具备了高尚的品德。能够推广事业,建立功绩,获得利益,贤人就成就了伟大的事业。

"易简,而天下之理得矣;天下之理得,而成位乎其中矣。"《乾》《坤》的特性就是容易与简单,而天下所有的道理,都包含在"容易"与"简单"之中了。明白了容易与简单的深刻道理,天下的所有道理也就会懂得了。只要懂得了天下的道理,人就能在所处的自然环境和社会环境中,找到适合自己的位置,认识到自己应尽的本分,从而去实现自己的人生价值。

读这段话,关键要认识"简"。

"简能"—"易从"—"有功"—"大业"—"成位",坤简的序列内存着一个核心密码,它是"顺"!坤是天下至顺。因为至顺,所行才不繁,这就是坤所具备的"简"德,至顺而至简。

乾所拥有的无穷无尽的创造力,需要坤所具备的无穷无尽的适应力来呈现。

乾的创造力无所不包,坤的承接力无所不能,这便是"易简",这就是天下大道。"简",才容易为人所掌握和实践,才容易为普通人所遵从。人们按规律办事,就能找到自己应该不偏不倚地坚守的位置。

家事之简:"无攸遂,在中馈,贞吉"

《周易·家人》里,文王周公治家之道的核心是女人"无攸遂,在中馈,贞吉"。大意是说,作为主妇,不要总想着使自己如愿,而是要以做好合乎全家人心意的伙食供应为工作信条。家庭主妇坚持这样的信念,就是吉祥。

魏时的王弼针对这段话解释说:"居内处中,履得其位,以阴应阳,尽妇人之正义,无所必遂,职乎中馈,巽顺而已,是以贞吉也。"王弼的解读,既解了经,也解了传,道出了精髓。

家庭主妇的身份其实是很特殊的。她是家庭的核心成员,却与子女以外的其他成员没有血缘关系;她或许不是物质资料的主要生产者,却是物质资料的分配和供应者。这就决定了两点:

第一,她不能够过分直接地表现出自己的意愿,虽处于从属地位而无怨言,还要舒畅地安抚家里每个人,以女人的母爱天性温暖、关怀家人。

第二,她不能有偏私,要品端行正,守持公正,一碗水端平,一根尺子衡量,以正持家。她要根据每一个家庭成员的实际需求做好物质分配和供应工作,不能厚此薄彼。

这样下来,每一个家庭成员的生活、生产都离不开女主人,她也因此确立了自己在家中无可撼动的核心地位——利女贞。

家庭里,怎样做才算"简"?朱子说:"坤顺而静,凡其所能,皆从乎阳而不自作,故为以简而能成物。"按古人的意思,治家之道最该明确女人的位分和职责。"坤"简,对于女人而言,就是不自专、守本分、尽天职,将顺应、包容、承受、孕育和光大这些要素集于一身并坚持到底。这样做,最"天经地义"。

如今读《易》,需要与时俱进,"旧识"要开出"新知"才对。我的理解是,于家于国,无论男女,处乾位时要守乾道,处坤位时要守坤德,顺顺当当、妥妥帖帖的,不纷乱、不聒噪,安而居、静而美,这便是简的境界。

具体到家庭内部,就按照两人商量的分工,主要打理内务的一方,就该"待命乃发,含美而可正";"知虑光大,不自擅其美";明于家道,以富其家。

政事之简:不伤财,不害民,不繁词

《孔子家语·致思》记载,孔子向北游览到了农山,子路、子贡和颜渊在身边陪侍,孔子又让这几个弟子谈谈各自的志向,并说会做出选择。

子路希望有机会挥舞一杆将帅指挥旗,率领一队人马攻城拔地、建立战功。子贡希望在两个大国交战、两军对垒时,能有机会居中调停、消除战争灾难。颜渊则希望遇到圣明的君主,他来辅佐圣君,施行五教,用礼乐教化人民,让人民安定。平原、湖泽上放养成群的牛马,家家没有离别相思之苦,千年没有战争的忧患。

孔子分别赞美了子路的勇敢、子贡的口才和颜回的德行。子路急切地问:"老师,你会选择谁呢?"

孔子曰:"不伤财,不害民,不繁词,则颜氏之子有矣。"孔子最欣赏颜回所表达的志向,不耗费财物,不危害百姓,不费太多的言辞,以仁政治理天下,这是圣人心中理想的治国理政方略。

我常听到"大道至简""管理至简"的说法,孔子的这三个"不",用词简约却含义深刻,可不可以套用作"治理至简"呢?

积善之家

远古渭河边,一个小小的周族人家,积德行善的家风世代相传,到周文王、周公旦时代,终成周礼的核心元素。周人由家庭推及江山社稷,高扬"以德配天"大旗,奠定了治国理政的伦理基石。

孔子对周礼极为推崇,对周人的治家理念和卓越实践赞美有加。他把周人的治家经验提炼为:"积善之家,必有余庆;积不善之家,必有余殃。"在为《易》作传时,把这句话写在了《周易·坤》里。他想告诫人们:积善的人家必然有很多的喜庆事情留给子孙,积不善的人家必然有不断的灾祸留给后代。孔子时时处处讲究口德,只说"积不善",而不说"积恶"。可见,孔子他老人家心地之纯良,为言传身教之典范。

习近平总书记非常重视家风,他说:"家风好,就能家道兴盛、和顺美满;家风差,难免殃及子孙、贻害社会,正所谓'积善之家，必有余庆；积不善之家，必有余殃"。'这里不仅有家庭是"国家发展、民族进步、社会和谐的重要基点"的治国理政伦理，也有"家是最小国，国是千万家"的朴素道理。正因为如此，数千年来，家庭永远是教育的主阵地。

对这一句，我领悟到三点告诫：

第一，家庭要讲积善修德。这种"积善人家论"，确有因果报应的意味。家庭的德和善，是需要一点一点地"积"和"修"才能成就的。只有日积月累地长期坚持做善事、修德行，才可能会有不断到来的喜庆。小时候，常听老人说，哪个人家的后人有出息，因为他家祖上忠厚积德，他们家有好家风。所谓种瓜得瓜、种豆得豆，一样的道理。历史上很有名望的世家大族，比如范仲淹家族、曾国藩家族，比如广州沙湾古镇留耕堂的何氏家族，人才辈出、福泽绵长，确实是因为他们有好的家教和家风，培养出一代又一代子孙的优良品格。司马光有言："积金以遗子孙，子孙未必能守；积书以遗子孙，子孙未必能读；不如积阴德于冥冥之中，以为子孙长久之计。"人积善与积不善，因也；余庆与余殃，果也。由此可见"积善人家论"影响之深远。

孔子作《易传》，其实说的都是儒家伦理道德，与佛道两家的因果论是不同的。孔子说"积善之家，必有余庆；积不善之家，必有余殃"这句话，重在"积"字。不仅要求读书人以"积"作为治学规范，更认为其应以超越功利的修治过程作为人生的理想，从大自然"履霜，坚冰至"的现象中悟出人文的道理，持续不间断地、经年累月地积善修德。孔子有如此告诫，但又有多少人真的领悟呢？千百年来，长久兴盛的家庭和家族，一定是听了、做了。这句话，包含古人对历史经验的理性总结，是儒家古老透彻的人生智慧。它告诫人们，一个家庭长期繁荣兴盛的根本保障，是家庭持久的德行修养和与人为善。积德行善不在一朝一夕，而在于长期的循序渐进、慢慢积累，子子孙孙都要以此为训。这句话说的是家，但又不仅仅是家。

第二，家庭的每一代都要积善修德。一个家族，一代人有一代人的责任，这一代人要为下一代人打好基础，做好榜样，一代一代地接续修德积善才能有余庆。一个人的积德行善，不一定能改善自己的处境，但一定会为他的后代积下福德；一个人作恶多端，他的债务将由子孙偿还。刘备提醒刘禅不要轻视小事，"勿以善小而不为，勿以恶小而为之"，其中饱含修身齐家治国平天下的大道理。一代枭雄临终前对后人做这样的教育，看来他深受周孔观念影响，也是一生的体悟所得，能因小见大、见微知著。原来，诸葛亮诫子格言、颜氏家训、朱子家训等，都是在倡导好家风，告诫子孙后代，尽好每一代的责任。

第三，家庭的每个人都要积善修德。家中的每一个人做的事，影响的都不仅是本人，而是整个家庭。家庭成员个体的行为是与"家"捆绑在一起的，其行为后果的直接承受者是"家"。只有家里人人都积德，人人都行善，这个家才能吉庆有余。如果有一个人不修德不积善，将会连累家庭其他成员。这样的例子不胜枚举。《象传》说：父亲有其责，孩子有其责，兄长有其责，兄弟有其责，男人有丈夫的职责，女人有妻子的职责。各尽其职，各尽所能，那么家风自然就端正了。家道端正，天下也就安定了。在一个核心家庭，每个人都要承担起自己的主体责任，对家庭负责，管好自己，做好自己，为家庭的美誉添砖加瓦，就会有很多"余庆"不期而至。

家和万事兴

夫妇为家，人间大美

古人言："有夫有妇，然后为家。"一男一女的结合，就组成了一个"家"，夫妇是家的初发源。"夫妇之象，莫美乎斯。人伦之道，莫大乎夫妇。"古人把夫妇看作"人伦之始"。

《周易·序卦》里有一段最为经典的表述："有天地，然后有万物；有万物，然后有男女；有男女，然后有夫妇；有夫妇，然后有父子；有父子，然后有君臣；有君臣，然后有上下；有上下，然后礼义有所错。"依古人之见，夫妻为家乃天造地设。柴米夫妻也好，锦绣夫妻也好，患难夫妻也好，都是天造地设的姻缘。中国古代的宗法社会体系里，人们把夫妻关系看得极重，认为夫妻之间的关系是各种社会关系里最重要的一个，是社会最基本的关系。有夫有妻，是为成家；然后有父子、兄弟姐妹等血亲关系；然后再延伸开来，形成有序的社会关系。

夫妻关系的大道是守"恒"，只有做到了恒，才可长久。《序卦》说："夫妇之道不可以不久也，故受之以恒；恒者，久也。"夫妻不离不弃，白头偕老是天地万物赋予的神圣使命。读了古人的这些话，心里豁然开朗。先有夫妻，后有家庭，后有家族，再有国家。夫妻恩爱是家庭和谐、事业发达的根本，夫妻恩爱的家庭坚不可摧。有了夫妇之间的相互尊敬与和谐，才能有父母与子女之亲、兄弟姐妹之爱。夫妻和谐，家庭就和谐；家庭和谐，社会就和谐安宁；社会和谐安宁，国家就繁荣富强。

家和不易

现如今，经济发展，社会进步，人民生活水平大幅提升，为家庭和谐创造了良好的环境。但也必须看到，现实婚姻家庭生活中也不可避免地出现一些新情况、新问题，个人主义、享乐主义、拜金主义侵蚀着人们的思想，"包二奶"、婚外情等现象屡见不鲜……家风家道建设出现了断层，家和，谈何容易。

夫妻从相恋到白头的变化过程，三千年前的古人就用民歌一曲一曲唱出来了。《诗经》是这样记载的：

"窈窕淑女，君子好逑"，青年男女怀春了；

"青青子衿，悠悠我心"，男女深深相恋了；

"执子之手，与子偕老"，缔结姻缘结婚成家了；

"黾勉同心，不宜有怒"，夫妇学着和睦相处了。

婚后的新问题出现了：

"宴尔新昏，如兄如弟"，丈夫得新忘旧，另娶了；

"宴尔新昏，不我屑以"，丈夫只见新人笑不听旧人哭，再也不疼妻子了；

"宴尔新昏，以我御穷"，丈夫用原配妻子的积蓄置办他们新婚的物件了。

两夫妻的婚姻为什么不能到头？

"桑之未落，其叶沃若"，"桑之落矣，其黄而陨"，女人由年轻貌美变成人老珠黄，丈夫嫌弃了；

"昔育恐育鞠，及尔颠覆。既生既育，比予于毒"，从前患难与共，如今家境好转，你却厌倦妻子如毒虫了；

"信誓旦旦，不思其反"，丈夫当初海誓山盟，现在始乱终弃，妻子成了弃妇。

《诗经》中的故事，似乎为人们展现着一幕幕上古时期男男女女悲欢离合的人间悲喜剧。

郎才配女貌是一种传统的社会婚姻价值观，它对男性的要求是才华出众，事业有成，对女性的要求则主要是形象姣好、美丽动人。如果绘制一张坐标图，将"郎才"和"女貌"的运行轨迹用曲线标示出来（见下页图），就会清晰地看到：年轻阶段，"女貌"处于社会婚姻价值曲线的顶峰，"郎才"处于曲线的谷底。时光流转，"郎才"曲线逐步上升，"女貌"曲线渐次走低。中年前后，形成一个交汇点。这个交汇点一般在35岁至40岁左右。

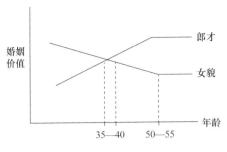

夫妻关系"剪刀差"示意图

此后成功男人的"郎才"曲线继续向峰顶攀升,大多数女性的"女貌"曲线则向谷底下滑。"郎才"和"女貌"两条曲线呈现差距逐渐拉大的趋势,两者的形状宛如一把张开的剪刀。50岁以后,两条曲线渐渐平行,形如剪柄。永春同志把这一现象称之为夫妻间的"剪刀差"原理。而永春同志总结描画的夫妻关系"剪刀差"示意图,也反映了现代夫妻真实的婚姻状况。人类婚姻的衍变轨迹是如此惊人地古今相通。

一张夫妻关系"剪刀差"示意图,透视出女性人生轨迹的大衍变。第一次衍变在25—35岁,即女人从单身转为少妇的10年;第二次衍变在35—55岁,即女人从小家庭少妇转为大家庭主妇的20年;第三次衍变约在55岁以后,即女人从家庭主妇转为家中老妇的30年或更久。

从35岁到55岁近20年的人生衍变,极考验女性对婚姻家庭的深刻认知和治家智慧。女人能知变,善应变,就能赢得主动,赢得幸福的婚姻。不知变,不应变,就只能处于被动,极易陷入不幸的婚姻。

列夫·托尔斯泰说过，婚姻的全部含义蕴藏在家庭生活中。家庭是社会的细胞。夫妻和谐，家庭就和谐；家庭和谐，社会就安宁。孔子谈到夫妻之道时，说做妻子的如果"顺以巽也""顺在位也"，家庭就都是吉祥兴旺的。这个"顺"，并不是要求妻子对丈夫一味地"顺从""柔顺""低眉顺眼"，而是夫妻要按治家之道"理顺"关系。丈夫与妻子，好比外遇明主，内有良配，就像国有能臣、将遇良才。男女各安其位，夫妻和合协调，方能家和万事兴。

这里有献给中年女性的几条锦囊妙计：看清人生衍变，当好女主人，做个好妻子，照顾、经营好家庭。

步入"女貌"下行线的中年女性，不管是全职太太还是职业女性，都要清醒看待自身的人生衍变，多多吸取古今中外婚姻家庭失败和不幸的经验教训，与时迁移，应时变通，把生活的重心从自我扩展到家庭，从而使婚姻更稳固，家庭更和谐。想要顺利度过潜在的感情危机期，所有的妻子都需要重新学习和完成角色转变。

妻子做主

女人自古是家的核心

古代的家道之事以女人为主。古人认为,男人以谨守家道、治国、平天下为主。女人是家庭的核心,以相夫教子为本,以守正、学习、防闲、修身、齐家为主。家人各得其位、各负其责,父严母慈、兄友弟恭,和睦相处、家道得正。由家推及国家天下,每个家庭能幸福美满,就会国泰民安。

周朝王室世代相承的家庭结构都以女人为核心。周室曾有三位非常伟大的女性:太姜、太任和太姒,史称"三太"。太姜是周太王的后妃,非常有智慧有胆识,儿媳太任是胎教的始祖,孙媳太姒,人称"文母"。太姒以太姜、太任为榜样,仁爱和顺、深明大义,相夫教子、母仪天下。文王治外,文母治内,夫妻和合,其乐融融。这三位女性便是完善周朝800年基业幕后工程的关键人物。周室夫妻和谐、家庭和睦、部族昌盛的治家理念基本体现在文王推演的《周易》里，成为后世治家之道的理想范式。

齐家的核心是敬妻。古人认为，丈夫的责任首先是齐家，然后才是养家糊口、建功立业。男子对妻子要讲情义、道义和恩义，要对妻子以礼相待。孔子《礼记·哀公问》曰："昔三代明王之政，必敬其妻子也，有道。妻也者，亲之主也，敢不敬与？"因为敬妻遵循的是家国天下的大道。

敬妻合乎夫妻正道。《周易·系辞上》有言："一阴一阳之谓道。"古人认为刚柔相济、阴阳平衡是一切事物发展的基本规律，是道。"天行健，君子以自强不息"是刚性乾威的体现，"地势坤，君子以厚德载物"是柔性坤德的体现，刚柔相济，乃是承应天道、理解人道、体会事道。敬妻遵循的是中庸之道。夫妻男主外女主内，分工合作，是生命各安其位、各随其性的表现。古人强调，人们要认识和掌握这一规律，好好应用，好好生活，为人类服务，为社会造福。

学习和修炼，是中年女性的必修课

"女貌"衰减是不可抗拒的，但自身素质的提高是可以努力做到的，妻子应当通过学习来提升、修炼出"贤内助＋良师＋益友"的好妻模式。在事业上帮助、支持丈夫，成为丈夫工作上的好参谋、好助手。在丈夫事业受到挫折时，帮助他疏导思想，化解情绪，激励斗志。在丈夫事业一帆风顺时，经常提醒丈夫，使他居安思危，增强忧患意识。经常与丈夫沟通思想，交流感情，帮助丈夫抵御形形色色的诱惑。主动严肃家规，严格教育子女，端正家风。

向好女人学习贤妻德行

历史上、现实生活中，都有许多很优秀的女人是值得女性们学习效仿的楷模。像周王室的"三太"，后世的苏洵夫人，近现代的林则徐夫人、李光耀夫人，还有当代的李安夫人等。这些妻子以自己的知识和智慧为家庭做出了重要贡献，她们有着惊人的相似之处：出身于好家庭，结婚前她们家都比丈夫家富裕得多；受过正统教育，读过书，深明大义，知书达理；接受过传统道德的严格教化，深谙相夫教子的道理，贤惠而守正。

有人在李安获奖后说道，如果当初李安身边不是林惠嘉，没有她始终尊重李安梦想的价值，没有她不做男人依附的独立自主，没有她的冷静克制"泼冷水"，谁又能保证李安会成为今日的李安呢！

周朝女性的婚前教育很有意义。周王室非常重视女人婚前的"妇学"教育，教学目的是"助夫成事业，助孩成栋梁"。后来扩展到贵族女子。女人结婚前必须到祖庙或宗室，进行三个月的如何做个好媳妇的强化教育。

老人们所教导的当好妻子的内容大多是"莫学懒妇，先自安身；莫学蠢妇，全不忧心；莫学泼妇，斗闹频频"，"同甘同苦，同富同贫"的古代妇教，零零星星地通过传统的家庭教育一代一代传了下来。古代夫妻相处情中有恩、恩中带情，细细品味，备感淳厚。

向传统文化学习治家智慧

习近平总书记说："中华文明绵延数千年，有其独特的价值体系。中华优秀传统文化已经成为中华民族的基因，植根在中国人内心，潜移默化影响着中国人的思想方式和行为方式。今天，我们提倡和弘扬社会主义核心价值观，必须从中汲取丰富营养，否则就不会有生命力和影响力。"

"贤内助＋良师＋益友"的模式里，包含着"贤妻良母""相夫教子""宜其室家""夫妻之道、各安其位""积善之家，必有余庆；积不善之家，必有余殃""自强不息、厚德载物"等丰富的传统伦理观、婚姻家庭观。

一位学者说过："人类在享受现代社会的物质浮华的同时，还需要心灵和精神的净化，其秘籍蕴含在我们祖先超凡脱俗的智慧之中。"我们祖先超凡脱俗的夫妻之道和治家智慧，就凝结于公元前500年前后的"轴心时代"。

《周易》中"乾""坤""家人""恒""泰"等卦的《易传》，时至今日仍在传递着人类传统的治家之道。在《文言》《彖》《象》《系辞》里，有我们中国人独特的精神世界，有百姓日用而不觉的价值观，它体现在对老百姓日常生活和言谈举止的规范上。

尽天职

《周易·序卦》的夫妇之道论为：夫妻要长长久久，一定要各司其职，各安其位，男耕女织，男刚女柔，男外女内，刚上而柔下，各得其序才行。这样的结构是《家人》卦中描画的蓝图。

最可贵的是《周易》以天尊地卑，暗示男严女顺、阳唱阴随的观念。《周易》以天为尊，地为卑，也不见得有歧视地的意思。还盛赞地道能容，为万物之载。移到人事，也不见得歧视女性，只不过男女有别而已。别在何处？男子主动，女子感应，共同担负人类生命延续和发展的大任。《周易》的婚姻观，也就是中国传统的婚姻观。

坤道即妇道，为一家之载体，负养育之责。男女别，厘清分际，不做过分要求。由于成长环境不同，突然朝夕相处，许多方面不能配合，保持一安全距离，是维系感情最好的方法。所以，相敬如宾是持久之道。如胶似漆，日久生腻，反而不能持久。如能保持一定的礼数，可以减少不必要的摩擦，永远保持那份正常生活的情义。夫妻是一辈子的事情，日渐而进，才能感应日深。女子嫁入夫家以生儿育女、传宗接代为贵。这是《周易》婚姻观的起点，也是终点。在农业时代需要人力的社会，增加人口，投入人力生产，成为人生第一要务。圣人通过立法解决这一问题。

女人进入一个家庭，实不容易。各司其职、相敬如宾、允执厥中，最基本的条律就是恪守分际，不畏缩也不逾矩。丈夫不自以为尊,凌虐妻子;妻子也不颐指气使,牝鸡司晨。夫妻都能执其中道,不偏不倚,必定和乐融融。执中是守恒的最好方法。这是《周易》哲学中最为高深的思想。夫妻相处,如能允执厥中,天大的问题都能解决。

女人要勇于担负神圣的家政责任。古人云,"家谓一门之内",好妻都是"宜其室家"的。冰心写于20世纪40年代的小说《我的学生》,充满了对和睦家庭的歌颂。她心目中的美好女性总是"宜其室家"的:一是有处理好家政的责任心和能力;二是有善解人意的心怀;三是有美好雅致的气质外貌。小说中塑造的女人S,就是三方面品格皆超群的女性。生命的完整性包括肯定生命应享的权益,也包括肯定生命应承担的责任、义务。前者关乎生命的福祉,后者关乎生命的境界。女性要从强调自身权益转向主动承担家庭责任,以古人崇尚的"宜其室家"的品质,提升人生境界和生命质量。冰心老人传递的心灵智慧,着实给我们这代人上了一课。

妇女所扮演的角色至为重要:是妻子,是母亲,是儿媳。身为女人,结婚成家后就自然负有相夫教子的责任,使家庭和谐是女人的天职。妻子只有具备家政责任心和处理家事的能力,才能做到当助手堪称"女诸葛",开导丈夫是最好的"减压器",泼泼冷水变盏"警示灯",温暖贴心永远是粒"平安扣",始终拴住丈夫的心,使其免受诱惑和干扰。最为重要的是,记住"清官有个廉内助,赃官有个贪媳妇",整肃家风时要先向自己开刀,做好家风家道"先行官",管住自己、管好孩子。

好妻子不可替代，当好母亲更是女人的神圣天职。古人一直有"闺阃乃圣贤所出之地，母教为天下太平之源"之说。德国教育家福禄培尔也说过："国民的命运，与其说是操在掌权者手中，不如说是握在母亲手中。"苏联教育家克鲁普斯卡娅断言："如果你在家教育儿子，就是在教育公民了；如果你在家培养女儿，那就是在培养整个民族。"母亲这个责任不是谁能够取代的：月嫂和阿姨不能取代你照顾子女；没有亲历教育子女并在此过程中付出母爱，就不知道教导子女是何其重要。孩子自幼的童蒙养正教育要靠母亲。可环顾社会现状，我们看到破碎的家庭、单亲的人群日益增多，给社会输送的是越来越多情志不健全的人，这不同程度地影响着整个社会的安定。可见，民族的兴衰，社会的和谐，妇女在其中能够起多么大的作用。

常反省

如果家庭不和、夫妻反目、家庭破裂，做妻子的也是要自我审视和自我反思的。有人在丈夫受挫折时，讽刺羞辱他；在丈夫获荣华富贵时，低眉顺应他；年轻貌美时"娇骄"二字，到了中年，或娇蛮使性，或骄横跋扈，完全未尽到好妻的责任。中年女人需要"化性起伪"的自我情理教育。若想夫妻恩爱到白头，家庭事业双丰收，做妻子的要学会自我反省，化性起伪，自我纠正。古人认为，"伪"是高于自然活动的人类反省和思虑，只有通过思虑和反省，真诚、无自欺地面对一己的生命和自我，对情感欲望进行修养和升华，才能成就有意义的人生。

新时代的女性更需要自励自省。有资料表明，近年城市中本科以上学历的女性总体占比已大大提高。知识女性接受了良好的知识和技能教育，有智慧、有才华，对社会和国家的贡献很大，但普遍缺少高情感训练。随着生育政策放宽，有一些知识女性选择回归家庭。当女人到了中年以后，懂得向经验学习，经常自察自省，免娇嗔、改性情、且自新，发自内心地与丈夫互敬互爱、患难与共，自然就能执子之手、与子偕老。全职太太也好，职业女性也好，把家庭经营好，对家庭对社会的意义是重大的。

多读书

人到中年，有时不免深陷困惑和烦恼，这时候，不妨回望先贤，回到原点，默思祖先和前辈的教导。最好的办法是多读书，多思考，再坚定地前行。

孔子读了《周易》，对人生的大美发出慨叹："君子黄中通理，正位居体，美在其中，而畅于四支，发于事业，美之至也。"意思是以中庸谦逊的态度，以德守正，通情达理，心中有美德，自然流露而畅达于四肢，最终会表现在事业上。这就是美的极致啊！古代先贤的话启示我们：妻子德行端正，温柔敦厚，以正持家，夫妻就会和谐，家庭就会兴旺，这就是人间大美。

毕淑敏说过：书不是棍棒，却会使女人铿锵有力；书不是羽毛，却会使女人飞翔。古圣先贤的治理智慧和祖先长辈的劝导，无异于苦口良药、逆耳忠言，听懂悟透，学习实践，女人便会如虎添翼，幸福美满。

母性的力量

女人的母性与生俱来

生为女性,母性的特质与生俱来、伴随一生。

如果你是姐姐,在弟妹面前,你会经常像母亲一样呵护他们;

如果你是嫂子,公婆不在了,长嫂为母,你就如同母亲;

成为人母,你便是血亲的亲娘,天经地义的、永远的、无可替代的母亲!

不仅如此。

当你的儿女有了下一代,你就被叫作祖母、外祖母,你还在延续着母亲的身份;

当你的儿女也有了孙儿一代,你又水涨船高地成了曾祖母、曾曾祖母!

女人一生,上天就是这样赋予了她母性的特质,那是女人身上的神奇密码；女性身上焕发着的母性光芒，是她们成为好母亲的天赋。

以德为重、以身作则好孕母

周朝800年基业，与三位女性善于对子女的教育分不开。她们就是传说中的"三太"，即周文王的奶奶太姜、母亲太任和夫人太姒。这三位女性可以说是中国历史上贤良淑德女性的代表，是以身作则、身体力行的好榜样。

太任，是历史上有记载的胎教先驱。太任生性端正严谨，庄重敬诚。嫁给季历之后没多久，太任便发现自己有喜了。此时，太任意识到，自己在怀孕期间的一言一行，都有可能对腹中的胎儿有所影响。小家伙极有可能感知到母亲所做的每一件事情，听到母亲所说的每一句话，并且形成最原始的记忆，成为其出生后言行模仿的标杆。

于是，太任以太姜为楷模，处处注意自己的言行。在怀孕期间，太任眼不看邪曲不正的场景，耳不听淫逸无礼的声音，口不讲傲慢自大的言语；睡从不歪着身子睡，坐也不偏斜着坐，站不曾跛着脚站；不吃气味不正的食物和切割不正的食物，不坐摆放不正的席子。姬昌许是在母腹中受到了母亲的影响，再加上成长过程中母亲的教导，后来圣德卓著，成为周朝的奠基者，史称周文王。太任讲究的不是培养孩子的技能，而是身体力行，对孩子以至于胎儿教之以德,重视道德的培养。

以德为重的胎教,以身作则的好孕母,让上天所赐的母子缘分修成了祥瑞和福分!

点亮孩子人生的好妈妈

"一个好的母亲抵得上一百个学校的老师。"母亲的爱,决定孩子一生的幸福;母亲的教育,决定孩子一生的成就。作为孩子一生中最重要的人,请我们用母亲智慧的形象去点亮孩子生命的辉煌!

历史上有很多好母亲。孟母"三迁择邻""断机教子"等脍炙人口的故事,千百年来中国人妇孺皆知。除了通情达理的孟母,我们还知道贤德的母亲陶母湛氏、理解儿子的母亲欧阳修之母郑氏、睿智的母亲孝庄文皇后、爱国的母亲岳母、坚强的母亲佘太君等,她们成为人们心目中伟大的母亲和后世学习的楷模。

好妈妈是有标准的。有人给好妈妈订了这样的十条标准:(1)心态放松的妈妈;(2)不攀比的妈妈;(3)"笨"妈妈;(4)好好说话的妈妈;(5)说话算数的妈妈;(6)给孩子自主性的妈妈;(7)灵活的妈妈;(8)支持孩子的妈妈;(9)赞美爸爸的妈妈;(10)乐天助人的妈妈。据说,这些标准还挺受认同和追捧的,小朋友们都非常希望有一个满足这些标准的妈妈。

母性,原本是母亲身上体现出来的对子女的本能之爱。母性的力量是伟大的。如果女性都能自珍自爱自立自强,都能释放出本能的、温暖的、更为博大的母性力量,我们的家庭、我们的社会、我们的生活一定会更加幸福美好!